西川詩選

竹内 新 訳

中国現代詩人シリーズ 1

監修＝田 原

思潮社

西川詩選

竹内新訳

中国現代詩人シリーズ1

思潮社

目次

西川詩選

詩文録『深浅』（二〇〇六年）より

近景と遠景

Ⅰ　鳥

鳥は、僕たち人間が肉眼によって眺めることのできる、一番高いところにいる生物だ。時に歌い、時に呪い、時に沈黙する。鳥の上方の空について、僕たちは何も知らない。そこは理性のおよばぬ王国。広大無辺の虚無が広がる。鳥は宇宙秩序の支点であり、その飛翔するところは僕たちの理性の辺境だ。鳥は太陽を望み見ることが可能だという。少なくとも鳥類の王である鷹にはそれができる。ところが、もし僕たちが思い切って太陽を窺い見たとしたら、一秒後には忽ち頭クラクラ目がくらみ、六秒後には両眼とも失明してしまう。天上の主ゼウスは白鳥となってレダと歓を尽くし、宇宙の主エホバは鳩となってマリアと交わったという。『詩経』には「天、玄鳥（つばめ）に命じて、降りて商を産ましむ」と書かれている。「玄鳥とは、男根なり」と言う人もいるけれど、とても信じられない。みずから降りて鳥となったのは、神が世界を独り占めにする手段なのであり、人間世界の帝王が粗末な格好に扮してお忍びをするには、その使用人の格好をしなければならないのに似ている。神は身をやつすのに慣れていたのだ。鳥は大地と空との仲立ちであり、人と神との間を隔てている机であり、梯子であり、通路だ。カモノハシは鳥の姿を真似、コウモリは鳥の飛翔を模倣し、そして鈍重な家禽は「堕落した天使」の呼び名を甘受する。僕たちの、歌う鳥（カナリア）――そのきらびやかな羽、そのなよなよとした骨格――は鳥としてやっと半人前だ。鳥、それは神秘の生物、形而上の種子だ。

2　火

火は火そのものを照らすことはできず、火に照らし出されるものは火ではない。火はトロイア城を照らし、秦の始皇帝の顔を照らし、錬金術師の坩堝を照らし、革命の指導者と大衆とを照らす。これらはすべて同じ火――元素であり、激情である――、論理よりも先に存在する。ゾロアスター（拝火）教の教義は半分正しい。火は光明、清潔につながり、暗黒と汚濁に対立すると言うが、彼らは火が暗黒から誕生するという事実を軽視し、しかも誤って、火を死と対立するものとしている。火は純潔であり、死に向き合うものだ。火には誰もが近づきがたいために、冷酷と邪悪とに重ねて見られがちだ。人は火を創造の精霊だと思っているが、果たしてそうだろうか。火は破壊の精霊でもある。自由で、父性的で、神聖な火。形式にとらわれず、質量を持たない火。どんな生物の成長も促さず、どんな物体も支えはしない。まるで、胸を理想で膨らませた人が必ず希望を放棄しなければならないときが来るように、火を手に入れようとする人は、どうしても偉大な犠牲を甘受しなければならない。

3　影

僕が大人に成長すると、影ができる。僕にはそれが見えないし、それがもっと大きな影――闇夜に溶け入るときを除けば、見たいとも思わない。だが闇夜は誰の、あるいは何の影なのだろう。地球の影が月に重なると、月蝕となり、月の影が地球に重なると、日蝕となる。あらゆる人の生活は、影の中で営まれる。影の対極に位置するのは火である。影は、僕たちが太陽のことを測定し計算する、ただ一つの拠り所だ。この地上――僕たちの日常生活の範囲内で、太陽は一つだけだから、どんな物も幾重にも重なった影を持つことはできない。だが僕たちの精神について言うなら、影とはつまり欲望、利己心、恐怖、虚栄、嫉妬、残忍そして死、それらすべての集まりだ。影がものごとに本当らしさを与えるのだ。リアリティーを奪うには影を取り去るだけでいい。海中では影が見えないから、僕たちは幻影の中にいるような気分になる。夢の中の物には影がないから、夢とは現実世界と異なる、もう一つの世界だ。人が幽霊には影がないと思うのも、もっともなことだ。

4　私

動物は迷信を、植物は思想を、神は欠陥を、人は精神をもつ。いわゆる「人の精神」とは、「内在する私」を指す。人は「外在する私」で生活する。雨風をしのぎ、殴り合いの喧嘩をし、仕事をし、握手をし、肩を叩き、嘘をついて人を騙すことまでもする。だが人の「内在する私」は、始まりから終わりまで一定のレベルで落ち着き払い、生命は始まりから終わりまで、すでに決まった方向に向かってどんどん進んでゆく。これは「外在する私」が「内在する私」の仮面だということではなく、「外在する私」の法則が「内在する私」に当てはまらないということだ。きみが誰かの「外在する私」に触れたり、傷をつけたりしても、それだけではどんな影響も迷惑も与えないのに、もし彼の「内在する私」に深く踏み込むなら、彼の精神の様相はすっかり変わってしまうだろう。運命、苦痛、愛そして死、これらはみな「内在する私」に対してのみ意味を持つ。「精神の秘密」はまさしくここにある。ユングはかつて、彼の身体に作用する無意識的な原型を「アニマ」と呼んだが、つまりそれは「内在する私」のことだ。幾重にも包み込まれ、注意深く保護され、覆い隠された、脆弱な「私」なのであり、無限との関連を有している。

5 牡丹

牡丹は享楽主義の花だ。薔薇が肉体と精神のふたつを備えているのと違って、肉体だけを持つ。菊には精神しかないのと同じだ。牡丹は花が開く前と、しぼんで散った後は、存在しないと言ってもいい。劉禹錫（注①）の詩に言う――「牡丹こそ国一番の美しい花。まさに花の盛りに全身で国に仕える」。牡丹は成仏できない植物であり、人の肉体もその肉感的な魅力を拒みがたい。富貴の子弟は、変わることなくその通俗的な美しさを愛で、庶民は、変わることなくその豊満さを愛でてきた。『雪の声』（注②）に「牡丹は春に富貴の花」という一句がある。また、この書物には「玉の簪を、艶めく牡丹へ、そっと刺す」という言葉もあり、明らかに、牡丹が女性性器の喩えとなっている。牡丹は本来男性的な花だが、性別を取り換えられた理由は、単純に、率直な暗示によるものだろう。牡丹をより「花の中の王」の地位にふさわしいものにし、牡丹に精神の要素を流し込むために、特別に伝えられている話がある。則天武后（注③）がかつて庭の花々に、冬の最中に咲いてみせるよう命じたことがあったが、牡丹だけが従わず、東の都の洛陽へ左遷されたと言う。残念なことに、牡丹は不思議な魔法を受け容れて、身体を一ゆすり、薔薇に変身、とはゆかなかったようだ。牡丹が薔薇を見下すのは、持って生まれた性質なのだ。その見た目は文芸復興が必要とした花のようだが、ほんとうはそうではない。

6　毒薬

毒のあるものは美しく、そして危険だ。この言葉を逆様にして言うなら、すなわち美しく危険なものには毒がある。美女に化けて男に取り憑く蛇は、この種の観念から生まれたもの。毒のあるもの自体が罪深いわけではない。ダチュラ（注④）、夾竹桃（注⑤）、コブラ……、等しく自然を構成する要素だ。それらの持つ毒素が、薬剤師によって精製され、取り出されるだけだ。そこで陰謀を企む者がいて、そうするともう一方に非業の死をとげる者がいる。毒薬の応用については、しばらく措いておこう。――毒薬は人を、毒を盛る者と、犠牲者とに、舞台に立つ者と、幕の後ろで糸を引く者とに区分する。また政治とドラマをくっつけ、毒殺に、ある種の審美的意義を授ける。ドクロという形で姿を示す毒薬は、環境と人間の心理に大きな影響を与える。毒薬の置かれた部屋は、もう普通の部屋と同じではなく、そして毒薬を懐に押し込んだ者は、悪魔でないとすれば、その共犯者だ。服毒自殺者になると、僕に言えることは何もない。唯一説明できることは、自殺者は誰でも服毒する前に二人に分裂するということだ。自殺者は自分自身に毒を盛る。すべての服毒自殺者は、誰もが陰謀を企む性質を持っている。

7　銀

人々は銀を侮辱してきた。銀はこれまで、人々に対して、銀でものを買ったり、投資したり、弁償や賭け事をしてほしいなどとは、一度も思わなかったのに。人々はたびたび銀を侮辱し、繰り返し価値を貶めた。まるで、銀は僕たちの懐かしむ故郷ではなく、僕たちの夢の屋根、固体の波、手で触ることのできる月ではないかのようだ。古代エジプト人は、銀を尊重することを幾らかわきまえていた。紀元前一七八〇年から一五八〇年頃のエジプト王朝の法典では、銀の価値は金の二倍だった。それにもかかわらず古代エジプト人は変わることなく銀を蔑んでいた。銀は金の代わりにはならなかったからだ。もし金が西方の金属だったとすれば、銀は東方の金属だった。もし金が騒々しく、灼熱のものだとすれば、銀は静かで、涼しさがしみ入るものであり、銅と鉄だけに血縁的な近さを持つ。梵語文の中で、銀という語の原義が「明るい」とされていたために、人々は銀を貶め、すべての明るいものを侮辱した。銀には殺菌力があり、だから銀は健康である。銀には強力な伝導機能があり、そのために銀は意気軒昂だ。だが人々は銀を侮辱し、まったく理解しない。銀は孤独で、しかもはにかみ屋で、感慨が表に出るのを恥ずかしがる。おお、孤独な銀よ！

8　都市

都市の起源について話そう。まずは交易から始まる。自然発生的な十字路で、最初は食塩や獣皮、食糧そして贅沢品を交換する人々がいる。そのうちの、遠くからやって来た人々が、最初の掘っ建て小屋を建てる。続いてすぐ小屋が増え、街道、貯蔵用穴蔵、広場、便所そして下水道ができる。その土地で製造業、加工業を手広く展開する者も出てくる。夕暮れになると、人々の娯楽に対する欲求に応じて、酒場や遊女屋がそびえ立つ。ここに最初の都市文明が起こる。都市の出現と、村落の起こりは別のものだ。同じ村落に住む人は往々にして、父を君主とする同一の家族に属している（村落によっては都市に発展することもあるが、その場合でもそれは拡大した村落に過ぎない）。都市とは、異なる家族、異なる集落の男女が、家族となる相手を自由に選ぶところから生まれる、雑居の地だ。雑居は思想そして善を育み、そこで学校ができる。雑居は罪悪、そして衝突を育み、そこで法廷と監獄ができる。人々は妥協をしては、都市全体の生存を維持している。しかし、とうとうある日、見知らぬ人間が都市にやって来る。彼は少しばかりの荷物を簡易旅館に置き、ラッパを吹きながら広場にやってきて、まだ事情の呑み込めていない住民に向かって宣言する。――「私は天意によってこの都市の首領としてやって来た。皆、私を敬い、私を守り、私に納税しなければならない。」

9 国家機構

宗教もなく神話もない国家においては、国家機構そのものが宗教であり、神話だ。きみはそれを打ち砕くことはできても、運び去ることはできない。それは比類なく大きいのに、言葉と同じで、見ることも触ることもできない。制服、テレビ画面、賞状および公告は、日夜動いている国家機構の排泄物にすぎない。その機構は、自然状態における国家とは別のものだ。現実の利益にために、国家機構は、自身が蔑む一切のものを、己の組織の中に呑み込む。これまで一度だって個人の精神が眼中にあったことはない。しかしそれにも拘わらず、国家機構は非常に個人に似ていて、一個人の聡明と愚鈍のすべてを抱え持っている。大きな虚栄で突っ張るのは、たくさんの秘密を持つことであり、強大な力を持つのは、大きな野蛮を持つことだ。そして、足の先から頭のてっぺんに至るような、だらだら長い庶民から君王への成り上がりの道は、数え切れない野心家と御機嫌取りとを罠に陥れる！ただし、この哀れな立場を正反対から見ると、国家機構は、どんな個人の意のままにもならず、それは、一時期出現して命令を下した者の、身も骨も押し潰して粉々にし、しかも、そういう情況下でも、事はいつも通りに進行してゆき、昼も夜も停止することはない。

10　トランプ

ゲームについて考え始めれば、偶然性と法則とを考えることになる。偶然性は法則の中に見え隠れして、遊ぶ者に楽しみをもたらす。実際のトランプゲームについて言えば、人はルールに従って遊びながら、カードの暗示や訴えについては知る由もないが、ダイヤ、ハート、クラブ、スペードには、何か神秘的な暗示が本当にあるのかも知れず、そして皇帝カエサル、カール大帝、アレクサンダー大王、ダビデ王、及びジャックの妻ラ・イル、女勇士ユディトたちは、本当はトランプで遊ぶ人に何か話しかけたいのかも知れない。カードがきられるたびに、新たな歴史が作られるが、そもそも歴史が虚構の産物ではないとは誰にも断言できない。虚構の中で、変化は尽きることがない。だからこそトランプは占いの道具になる。トランプゲームを、知的な遊びのうちで最も低級なものだと考えられることがあるのは、そのゲームがわずかの知力を必要とするほかは、ほとんど運任せだからだ。きみが勝っても、人は上手いなどと誉めたりせず、運の良さを誉めるだけ――つまり彼らはその結果に不満だということであり、そう言われたきみは気分を害し、ふたたびゲームが始まることになる。だが今度はきみが絶頂から奈落へ転落するかもしれない。トランプカードが、知力に対する報復の嘲笑を、抱いていないとは誰も言えない。

11　自転車

自転車は単純な機械だが、数学的な美や物理的な美を体現しており、技術的により進んだ他の交通手段に決して劣らない。クランクとチェーン伝動装置、それらとまったく異なる原理による自転車など想像することができない。いかなる事物の完璧さも、これには及ばない。その完璧さゆえに、また僕たちの生活との密接な関係から——僕たちの生活様式を規定しているとさえ言える自転車——ともすればそれを、精神を持った生命体だと見なしかねない。自転車は晩清の芸妓賽金花（注⑥）から、大義を知り小事を疎かにしない善人雷鋒（注⑦）まで、大勢の興味深い人物のことを連想させる。それは、僕たちのこの社会の経済的、文化的、政治的水準の目印だ。この「自転車」という語の意味について、辞典に「自転車は、自分の力で物事を行う、自分で自分を運ぶことを意味する」といった象徴的な意味を追加するべきだ。自転車は二つの輪と一つのフレームであるだけでなく、僕たちの想像を加速させるものだ。騒がしくて混み合う大通りで、僕はいつものボロ自転車に跨り、もう少しで飛び立ちそうだと感じる——皆が注視するなか、自転車で青空を——もしも僕がもう少し速く漕げたなら！

12　地図

僕は、多くの森林や砂漠、河川や山脈を夢想することができるだけだ。風がよく吹く、雨がしばしば降る、そんな地方を訪れることは一生ないだろうが、どの地名の背後にも何千何万の顔があり、その何千何万という顔は何千何万という、風変わりで美しい名前を持っている。僕がヒゲを剃るとき、メキシコシティで誰かが同じリズムでヒゲを剃っているだろうか。僕が激しい苦痛に耐えているとき、サンクトペテルブルク、もしくはカナリア諸島でも誰かが同様の苦痛に耐えていることを思えば、僕の苦痛は半減する。地図は僕たちの自我の膨張を抑え、僕たちの誕生と死、他人の誕生と死を同じところにつないで、遠くの見知らぬ人と、同類としての一体感を生じさせる。人道主義の最良の教材だ。地図に向き合って、僕たちは大地、異なる種族、制度に眼をやり、走る色とりどりの獣、空を飛ぶ鳥に眼をやり、そして空間から時間へ想像力を伸ばし、目まぐるしく変わる創造と破壊を巡り歩く。大勢の人々が、異なる時刻にたった一つの太陽を振り仰ぎ、異なる言葉で同じ心の声を発する。「美しい太陽！　どうかしばらくそのままで！」

13　風

地上で唯一の、生命によらない運動——従って永久運動——は風だ。厳密に言えば、風は見えない。見えるのは砂塵の舞うところ、白雲の湧き上がるところ、木の葉のざわめくところだ。風に逆らって歩くことは、死に逆らって歩くことと同じではない。だが、風の流れにそって歩むなら、生きるとは満足することだと感じることができる。そして風の中にしばらく佇めば、風の音を聞くことができる。風は僕たちの耳元を掠めて過ぎる。それは掛け値なしの客観宇宙の動きだ。ところが僧侶どもは、それを僕たちの心が動いているせいだと言い張る。僕たちの心はずっと動いているじゃないか。しかし、なぜときどき風の音が聞こえなくなるのだろう。風が凪ぐと、大地はしんと静まり返り、あたかも時間が行き止まりに突き当たったかのようになる。風が再び吹き始めると、生命はまた新たに輝く。だから、風が生命を動かし、生命を運んでくると言うのだろう。ヴァレリーは言った。「風立ちぬ、いざ生きめやも」。ああ、風、風音、オルガン、スプリングコート、風車、風向計、「風信子《ヒヤシンス》」……風と関係のある物はすべて、僕たちと関係がある。だが、風は僕たちではない。風は生命を超越している。生命を持たない風は、この世界の最後の一日まで吹くだろう。もしも本当にその一日が訪れるとしたらの話だが。

14　小妖怪

僕はまだ一度も小妖怪（この言葉は陰陽の陰の側に属するはずだ）に出くわしたことはないが、彼女たちはきっと僕に出会っている。僕は人であるし、霊視能力も備えていないので、もし彼女たちに遭遇しても、彼女たちを見ることはできない。ただし、彼女たちの芳しい香りを嗅ぎ取ることはできる。心が自然に向かっている人はみな、彼女たちの存在を感じ取る力がある。彼女たちは幽霊（人は死んで幽霊となる）ではなく、悪魔（神の対立者）でもなく、植物や動物が妖怪と化し、天地のすぐれた気を摘み取り、年月を経たものだ。書中に言う。彼女たちはもともと神仙の仲間になろうとしたが、人の世の愛を願ったので、変化《へんげ》するたびに可愛い盛りの少女になった。悲劇が起きるのはこのためだ。なぜって、彼女たちと人との間には本質的な違いがあるのだから。これが彼女たちの原罪なのだ。けれども親しげで、嬉しいことはともに楽しみ、共通の敵には、恩を忘れずに一致団結して〈恩返し〉をする。そんな姉妹たちを、僕はこよなく愛している。彼女たちは武芸には決して秀でていない。所詮、数百年修養鍛錬したに過ぎないのだ。千年を越える修養鍛錬をした大妖怪は、彼女たちのとびきりの醜さを馬鹿にし、威圧するけれども。神の系図の中に彼女たちの居場所はなく、人類の系図にも彼女たちの姓名はなく、それで結局僕の《近景と遠景》の中にささやかな空間を求めるのだ。

15　幽霊

死は純粋に死者個人の私事だ。死は幽霊を通して生者に働きかけるが、これも純粋に生者個人の私事だ。僕が比喩のやり方で議論するのは、幽霊についてではない。僕が議論するのは、古くからの観念だ。幽霊がいなければ、死は中味のないものだ。では幽霊は出るのか。幽霊は死ぬのか。死んだら幽霊になるとすれば、動物も幽霊になれるのか。幽霊が静かに暫く坐っている、もしくは一眠りする、なんてとても想像しがたい。幽霊への恐れの度合いが、僕たちの内にどのくらい幼年時代が続いているのかの指標になる。僕たちは幽霊の悪さ（大多数の幽霊は善良かも知れない）を恐がるのではなく、幽霊が未知のものであることを恐がる。僕たちは遠い昔の時代からの幽霊（例えばカエサルもしくは項羽）を恐がるわけではなく、僕たちが恐がる幽霊は、僕たちの生の一部分なのだ。人間が誕生してから現在までの世界の総人口は七百九十億に達するという。僕たちはもしかしたら世界を七百九十億の幽霊と共有しているのかも知れない。だが、もし幽霊がいなければ、天国と地獄はない。もし天国と地獄がなければ、善人は安らぎが得られず、悪人は懲罰を受けられない。こんなふうに言うのは通俗的だし、聡明でもない。だが、僕たちは心から恐れている。幽霊を失望させることで、僕たち自身が失望する羽目になることを。

16 廃墟

廃墟を賛美するという崇高なスタイルは、暴行を賛美することと同じだ。だが廃墟を軽視するという崇高なスタイルは、感受性の欠如を認めるも同然だ。廃墟を正面にして、僕たちがこのジレンマを抱くのは、廃墟の存在が僕たちの存在よりも遙かに大きく、僕たちと廃墟は、言葉にできるような比率では較べられないからだ。しかし、たとえ僕たちが自分の取るに足りない様を認めても、廃墟は依然として、人間である僕たちを受け入れてはくれない。廃墟は幽霊の家であり、幽霊だけがそこを散策する資格を持ち、そのため、そこに入って行く者は皆幽霊に変わってしまう。廃墟は建築現場と同じではない。未完成の物が期待する栄光と完璧に到達したことがあり、そこに立ち上がったことのある石は、まだ一度も立ち上がったことのない石よりも、随分高価だろうし、崩れ落ちても、僕たちの脳裏で再び立ち上がる準備を、いつでもしている。時間は重量を有し、歴史は代償を抱える。廃墟は屋根と大地の二つを、足して一つにしたものであり、高々と伸びた青草が、焼け跡や艱難辛苦の跡を覆っている。ひっそり静まり返った廃墟で、孤独になった礎石が独り言をつぶやく。それが建築の本質、創造の本質、人類精神の本質だ。

17 荒野

荒野は人類を否定し、忘却を引き受ける。それは河のない場所だ。どんな区域にも決して属することなく、自身を世界の中心とする。そこは、いかなる精神も決して持たない。だが精神は荒野を持っていなければならない。荒野には楽観も悲観も、正確も誤謬も、褒賞も懲罰もない。荒野にドラマティックな矛盾を探そうとしても無駄だ。荒野は幸運な貧窮者だ。昔から現在までの移ろい（時間）と、東西南北（空間）が荒野で合流している。そこは木火土金水諸元素の兵営であり、世の中の万物がそこを目指して戻って行くのを許し、空がそこを目指して収縮してゆくのを許す。荒野は太陽や月、星々と対話し、その荒涼と静寂によって詩人のこだわりの心を奮い立たせ、家畜、農民、軍隊及び都市の黄金時代を眺める。イスラエル人はカナン詩篇の創作によって、幻想が、単調でつまらない生活に対する抵抗、補填、バランスをとるものだということを表現している。荒野では、一輪の花が、人を驚かせたり恐がらせたりするし、たった一つの篝火で、全体が充分に温かく明るくなったりするのだ。

18　蜃気楼

蜃気楼は光りの屈折作用によって大気中に姿を現す。それは物質が精神に転化する最良の証拠だ。精神の建物、精神の広場、精神の野の百合、百八人の豪傑、賈宝玉（注⑧）の三十六人の女友達などが見える。たまたま思い出した昔の出来事や大通りのつきあたりで望み見られる古城によく似ている。蜃気楼——言い方を換えれば空中楼閣だ——は、世俗の法律を、顧みず、人類を選ばれた境地に置く。それは現在にも、過去にも、未来にも属さない。故郷とユートピアに関する僕たちの隠喩として、それは時間の外に孤立している。その神学的意義は、神は天国にいないということ。その哲学的意義は、瞬間は即ち永遠となるということ。その美学的意義は、遠方は境界だということ。その倫理学的意義は、幸福とは即ち、苦悶彷徨中の幸福に対する関心だということ。どんな絵も、詩も、書もすべて蜃気楼と関係がある。見たことがなくても、虹から想像することができる。

訳注

5　牡丹

①劉禹錫（りゅううしゃく）＝七七二年〜八四二年。唐代（中唐）の詩人。同時代人に、白居易、柳宗元らがいる。

②『雪の声』＝清代の嘉慶、道光年間における小唄、端唄に類する俗曲の全集。

③則天武后（そくてんぶこう）＝六二四年〜七〇五年。唐の高宗の皇后。高宗の死後、中宗、睿宗をあ

いついで退位させ、自ら帝位についた。

6　毒薬

④ダチュラ＝チョウセンアサガオ属ナス科の有毒植物。

⑤夾竹桃＝チョウチクトウ属キョウチクトウ科の有毒植物。

11　自転車

⑥賽金花（さいきんか）＝一八七二年頃〜一九三六年。江蘇、塩城の人。家貧しく、売られて芸妓となる。一九〇〇年、八カ国連合軍が北京に攻め入ったとき、連合軍司令官と接触があったと言われる。

⑦雷鋒（らいほう）＝一九四〇年〜一九六二年。湖南、長沙の人。一九六〇年、中国人民解放軍に加わる。一九六二年、公務中に殉職。それを毛沢東が称揚し、「雷鋒同志に学ぼう」と呼びかける。

18　蜃気楼

⑧賈宝玉（かほうぎょく）＝清の曹雪芹（そうせっきん）と高鶚（こうがく）の著した近代長編口語小説『紅楼夢』（一七九〇年前後）の主人公。没落してゆく大貴族の御曹司。

敬意を表す

I　夜

トラックが都市を通り抜けてゆく音のなかで、血を静まらせるのは、どんなに難しいことか！トラックに載せられた家畜たちを静まらせるのは、どんなに難しいことか！　どういう説得をし、何を請け合い、どういう賄賂を贈り、どのように威嚇をしたら、そいつらを静まらせることができるのだろう。だが、そいつらはもともと静かなのだ。

アーチ型の門の下の石獣は、月の光を呼吸している。研ぎ師の、背中の曲がった身体は、三日月のようだ。彼は、疲れているくせに眠ろうとせず、口笛を吹いて、眠っている鳥を橋のたもとへ呼ぶけれど、子を孕んだ豹も誰からも顧みられずに、銀のような月光に照らされた崖の上にいることを、忘れている。

蜘蛛は天子の命令をさえぎり、道路の願望に背いている。

麻畑のなかに灯火の居住権はない。

今にも誰かがドアを敲きに来そうだ。今にも羊の群が草原に現れそうだ。これまで夢にも見たことのないリンゴ。そいつに風が吹いている。若者が地下室で歌う。並み以上の歌いぶり……それは暗い夜。これ以上言う必要があろうか。記憶はとびきり新しいものを創造することができる。

記憶より高いところにある天空は、なんという広さだろう。高みに登って彼方を望めば、精神に辺境はない。幾つかの常夜灯が鬼火のようだ。なかなか眠れない精神は、詩を持たない。意識を研ぎ澄まして用心していなければならないが、死と向き合っては思索のしようがない。

僕はきみにサーチライトを持ってきた。夜になったら、きっと、きみの頭上を仙女が飛ぶだろう。

倉庫からこのテープレコーダーを選び出してきた。きみに音楽を聴かせて、その重い病気を治すためだ。

星々が星座を描くこの夜に、僕の髪は逆立ち、左胸のホクロはくっきりと重い。上帝の食糧は略奪された。美は、心穏やかでない大鳥の襲撃を受けた。こんな夜、もし僕が怒っても、もし僕が報復を敢行しても、慈悲の話をするな！　もし僕がきみを許したなら、すぐさま急いで立ち去れ。礼には及ばない。

どうぞ、生姜汁で傷口をこすり洗ってください。

どうぞ、タイリクイタチに活路を残してやってください。

心は無力だ。灯りが消え、街路清掃人が起き、市中を照らす朝日を受けてカラスが飛び立つとき、カラスの貴重な翼は、夜の文字に混じり合わないように、自らを誇る。

真っ赤な顔は、全身の血液。銅のラッパが鳴り響くと、チリホコリが恐れおののく。第一声はいつも耳障りだ。

2　敬意を表す

苦悶。ぶら下がっている銅鑼・太鼓。地下室で昏睡する豹。ぐるぐる巡る階段。夜中の松明。城壁の門。悠久の星座の下、草の根に触れる冷気。封印された肉体。飲用にはなり得ない水。大きな船のように漂流する氷塊。乗客となる鳥。断ち切られた川。未生の子どもたち。まだ形をなしていない涙。まだ始まっていない懲罰。混乱。平衡。上昇。空白……苦悶はどのように論じたら、過失とはならないのだろう。分かれ道に誰かが落としていった花冠を前にしたら、どうか、破れかぶれの代償のことを考えてくれ。

苦痛。それを運んで行けない大海原。

苦難の第七ページに文明のことが書いてある。

無性に叫びたくなり、木霊を発するよう鋼鉄に迫り、僕の前に隊列でやってくるよう、こそこそ暮らすのに慣れたネズミに迫る。無性に叫びたくなるが、嘲りや罵りのようにはできず、声をできるだけ抑えて、祈りのようでなければならず、大砲の轟きのようにはならず、風の唸りのようでなければならない。静寂が増すにつれて、動悸はいよいよ激しくなり、蓄えられた雨水が飲み干されんとするのを見る。叫ぶのだ！　ああ、無性に叫びたくて、数百羽のカラスが喧しいとき、僕に金科玉条はない。——僕は不吉の兆しなのだ。

欲望は多すぎる。海の水は少なすぎる。

幻想は、資本に依存して維持される。

僕たちの過ちを薔薇に糾弾させ、雷鳴に叱責させせよう！　漫遊の途中で、旅の終点を問いただすことはできない。蛾が飛んで火に入る瞬間に、永遠は時宜に合わないと論じようとしたり、人のごく小さな過失を証明する根拠を探そうとしたりするのは困難だ。

記憶。それは僕の教科書。

愛情。それは未解決の心配ごと。

深山に分け入っていった人が奇跡的に生きている。彼は冬には白菜を貯蔵し、夏には氷を作った。彼は「感受性のない人は、真実味がない。その本籍も起居《たちい》振る舞いも嘘だ」と言う。僕たちは臭覚を研ぎ澄ませて、桃の花に接近する。桃花やその他の美しい事物に向き合うときに、脱帽して敬意を表さない人は、僕たちの仲間ではない。

ただし、これは僕たちが待ち望んだ結果ではない。精神。それは使わずに放置されている。言葉。それは騙され巻き上げられている。

詩歌は死者と次の世代を教え導く。

3　居室

時計は春の光を吐き出し、コオロギは自分の縄張りで歌う。認められない事態が発生した。僕は徐々に別人になる。僕は大声で何度も叫び、僕自身を呼び戻さなければならない。

僕は収集した道具で、部屋を飾る。大道具、小道具だけで演じられる劇を毎晩観賞できる。

調理場はナイフやフォークが眠るのにぴったり。広場は女神が立つのにぴったり。

鏡の中の世界と、僕の世界は、きっちり対等で左右が逆になっているが、それは、地獄がつまり天国だということではない。僕と全く同じで、完全に左右が逆になっている男が、あっちの世界で生活しているが、それは、武松（注①）はつまるところ西門慶（注②）だ、ということではない。

僕が自分の頬や踝を撫でることは本当に少ない。僕が自分自身を撫でることは本当に少ない。だから僕は自分自身を批判することも本当に少なく、自分自身を殴ることも本当に少ない。

こんなことはしばしば起きる。劉軍（注③）が電話して、もう一人の劉軍を探し求める。僕が電話を抱えて独り言を言うようなものだ。

精神病患者の微笑み。太陽と女性に晒した彼の生殖器。彼が頭を壁にぶつけた音。彼の発育不良の大脳。「合ってるか――合ってるか?」――彼が繰り返し問い続ける問題。

我が家に門番はいない。もし門番を一人雇うなら、全力で彼を守らなくてはならない。

もしこの部屋に美女が三千人いたとしたら、きみは興奮するか? それとも恐がるか? 美女が三千? もしくは三千匹の化け狐? 唯一の対処方法は、無理矢理、酒を飲ませて、彼女たちを酔いつぶすことだ。

鋭利な斧で指を切断したことのある男が、彼の愛について僕に話しかけてきた。

他人の経験は往々にして、僕たちのタブーになる。

インク瓶に挿したリラの花に、徐々に藍色が差してくる。花は今夜のことをしっかり覚えておきたくて、懸命に記憶の内に引き留めようとする。だが、できない。

僕は栄養になればと、心の中の秘密を蓮の実に補給してやった。ある朝、蓮の花が開き、夏が来た。

4　巨大獣

その巨大な獣を、僕は見た。毛は太くて硬く、歯は鋭く、両の眼はほとんど失明している。荒々しく喘ぎ、ぶつぶつ不運のことを呟くが、足音は立てない。ユーモアに欠け、貧賤の出であることを、懸命に隠す人のようであり、使命によって壊された人のようであり、懐かしむような幼年時代はなく、憧れに値する目的地はなく、自己弁護のために嘘も満足につかない。そいつは木の幹を叩いて揺さぶり、赤ん坊を集める。そいつは生きているうちは岩石のごとく、死ぬと、雪崩のようだ。

カラスは案山子たちの間を飛び回って、仲間を探す。

その巨大な獣は、僕の髪型をひどく憎み、僕の臭いをひどく憎み、僕の残念がる心と真面目さをひどく憎む。つまり僕が真珠や宝石をちりばめるみたいに、幸福を飾り立てるのをひどく憎むのだ。そいつは人混みを押し分け僕の部屋に入ってきて、有無を言わせず、壁の角に立つように命じ、崩れるように椅子に腰を下ろし、鏡を打ち砕き、カーテンと、僕の精神を守る一切の衝立を粉々に裂いた。僕は哀願した。「喉をうるおすコップを持っていかないでくれ！」。そいつはすぐさま土を掘って水を湧き出させた。それが僕に対する答だった。

一トンの鸚鵡。鸚鵡の一トンの無駄口！

僕たちは虎のことを「虎」と呼び、ロバのことを「ロバ」と呼ぶ。それなら、あの巨大な獣のことは、何と呼ぼうか。名前はなく、あの獣は肉体と影がはっきりしないので、そいつに呼びかけるのはむずかしく、陽の下で位置を確定し、吉凶を占うのは困難だ。名前をつけるべきだ。例えば「哀愁」もしくは「はにかみ」。水を飲む池を与えるべきだ。雨宿りの家を与えるべきだ。名前のない獣は恐ろしい。

画眉鳥（注④）が、国王の爪と牙とを、全部やっつける！

そいつも誘惑を受ける。ただし、王宮からではない。美女からではない。煌々と灯りの灯る晩餐会からでもない。そいつが僕たちのところへやって来るのは、まさか僕たちの身体に、そいつが涎を垂らさんばかりに欲しがるものが付いているからではない。まさか、そいつが僕たちの身体から空虚を啜ろうとする訳ではない。そいつは何に誘惑されているんだ?! 暗い廊下に身体を横たえて、刀の光に真正面からぶつかり、少しばかりの傷が、そいつに学び取らせた呻き――呻き、または生存、そして信仰が何ものなのかは、分からない。だがそいつがいったん大人しくなれば、また胡麻がぐんぐん伸びる音が聞こえ、庚申バラの香りが香ってくる。

数え切れないほどの山々を飛び越えてきたサカツラガンは、自分について語るのを恥ずかしがる。比喩の巨大な獣は、山の斜面を下り、花を摘むが、川縁《ベリ》では、映って見える自分の姿に、これは誰か？ といぶかしげだ。それで泳いで川を渡り、岸に上がり、振り返って川面の霧を眺めるが、何も見つけられないし、理解もできない。それから市内に迷い込み、少女の足跡をたどって、一塊りの肉を得、軒下で夜を過ごし、夢に村や伴侶を見る。そうして夢の中を二十五キロ、恐れるものは何もなく、早朝の光の中で目を覚まして、出発した場所に戻っていることに気づく。相変わらず厚く重くなっている木の葉、その下にはまだ匕首が隠されて――何が起ころうとしている？

砂の中の鳩。それを流血によって悟る。
ああ、飛翔の時代が到来した！

5 箴言

一つの影を打ち倒すと、人が立ち上がる。

木は木に耳を傾け、鳥は鳥に耳を傾ける。毒蛇が身体を直立させ、道行く人を攻撃したとき、そいつは人に変わった。

きみは鏡の中の顔をしげしげと見つめる。そのことが見知らぬ人の怒りを買う。

法律に言う。火事場泥棒には必ず死をと。羊頭を掲げて狗肉を売る者は、必ず報いを受け、キョロキョロする者の足下には落とし穴があり、度量の小さい者は、必ず唾棄されると。だが、僕には付け加えない訳にはゆかないことがある。なぜならトントン拍子に出世したサルがトントン拍子に出世した人と同じように有能で、同じように筋肉が発達し、同じように手段を選ばないのを見たからだ。

意外だ！　向日葵も花だ！

どうして虎ではなくて猫が、僕たちのペットになったのだ？

小さな痛み。砂が眼の縁《ふち》に飛び込んだ感じだ。誰かに向かって弁償を求める？

一冊の本は、それを理解しようとするなら、僕を変えるだろう。一人の女の子は、そのいいところを見つけようとするなら、僕を変えるだろう。一本の道は、それを歩き切ろうとするなら、僕を変えるだろう。一枚の硬貨は、それを独り占めにしようとするなら、僕を変えるだろう。僕の身近に生活する誰か一人を変えると、自分も変わる。僕一人の良心が、僕たちを苦しめ、僕一人のエゴや雑念が、僕たち二人を赤面させる。

真理は公開できない。木霊を持たない思想は、歌うのが困難だ。

怒りは、呪いの言葉の効力を失わせる

海で遭難した船乗りに羅針盤を与えて何になる?

世界に向かって、あまり多く要求してはならない。眠っている妻子を、抱いてはならない。同じく、高額の利潤を夢想してはならない。昼に灯りを点けてはならない。他人の顔に泥を塗ってはならない。しかと記憶せよ。荒野で小便をしてはならない。墓地で大声を出して歌ってはならない。軽々しく請け合ってはならない。人に嫌われてはならない。知恵は役立つものにせよ。

静止している影は軽視してよいが、移動する影に対しては、必ず畏敬の念を持ち続けなければならない。

サンバードは争うように飛ぶ。追い立てているのは誰だ?

どんな幸運だったら、きみの左瞼が絶えずピクピク跳びはねるのを、止められるのだろう？

6　幽霊

空気は僕たちを包み込んでいるが、僕たちは今に至るもそれに気付いていない。死者は田園や野原に存在し、月光の下に存在し、遠く離れたところにいるが、僕たちはその所在をちゃんと知っている――彼らは嬉しくなる――。けれども彼らは、子供が走ってゆけるより、さらに遠くまで走ってゆくことはあり得ない。

深々と埋蔵され、しかも誰にも知られなかった財産の数々は、時間によって費やされて、他の何ものとも交換されなかった。深々と埋葬され、しかも次第に忘れ去られた、死者たちは、どうしたら自分自身をしっかり世話できるというのだろう？　彼らを墓穴から出してやらなければならない。

他人の死は、僕たちに罪をきせる。

悲しみ悼む風は、死者を取り囲んで慰めを求める。

落雷で死んではならず、溺れて死んではならず、毒薬で死んではならず、武闘で死んではならず、病気で死んではならず、事故で死んではならず、大笑いが止まらなくて、もしくは大泣きが止まらなくて、もしくは暴飲暴食で、もしくは休むことを知らないお喋りで死んではならない。力を使い果たすまでは死ねない。ではどのように死ぬか。崇高な死にしろ、醜悪な死にしろ、亡骸を残さない死は駄目だ。

僕たちが、道路を補修し高層ビルを建てるのは、幽霊を迷わせるためだ。

死者たちの遺品は、車座になって息を止め、使用されるのを待っている。

幽霊はどのように現れるのだろう。帽子が帽子の幽霊になってよくて、衣服が衣服の幽霊になってよいのでないなら、肉体から化けた幽霊は必ず素っ裸であるだろう。だが素っ裸の幽霊が現れたとしたら、僕たちが生存してゆくための道徳に合致しない。

暗闇からぬっと人差し指が突き出て、僕の鼻をこする。

悪魔の鈴の音は、うまい具合に僕に利用されるのだ。

7　十四の夢

夢に、横たわっている自分を見た。胸元に一羽の雀が留まって言った。「わしは、おまえの魂だ！」

夢に、プールを見た。周囲は鉄板が取り囲んでいた。僕は鉄板に顔をくっつけて、気の向くままに歌い、足は鉄板を蹴って拍子をとった。プール内はたちまち一人もいなくなった。

夢の中で盗みをした。僕は潔白を、太陽に向かってどうやって釈明しようか。

夢に、ドアの前に手紙が積まれているのを見た。腰を屈めてその中の一通を拾い上げた。おお、それは僕が何年も前に、女の子に宛てて書いたラブレターだった。なぜ返して寄こしたのだろう。

夢に、女性が電話してきた。既に亡くなったらしい知らない女性が、思いやり溢れる口ぶりで、今夜の集いに参加してはいけないと、僕に勧告した。

夢に、自分が地上から消え去るのを見た。地下鉄の駅でお婆さんのすすり泣く声が、聞こえた。

夢に、海子（注⑤）が僕に向かってにやにやしながら、死んでいない、と言うのを見た。

夢に、駱一禾（注⑥）が、僕を油でべとべとの車庫に引っ張り込むのを見た。車庫の一角には白いシーツで覆った一人用のベッドが置いてあった。彼は毎晩そこで眠っていたのだ。

夢に、自分が混乱を極める会議室へ入って行くのを見た。会議室には、朦朧とした顔の、一言も発しない男女が、ずらりと座っていた。僕が席に着いたそのとき、顔中血だらけの男がドアから飛び込んできて、大声で叫んだ。「裏切り者はどいつだ？」

夢に、子供が高層ビルから墜落するのを見た。翼はついていなかった。

夢に、変形した鋼鉄を見、毒を含む木の葉を見た——都市が崩れているのだった。火が燃えさかり、顔を隠した人間が出没した。だが小さなビルは、却って何事もなかった。僕は約束通りに、ビル入り口の石段に腰を下ろしていたが、待っていたその人は、結局現れなかった。

どういう馬を「幸運の馬」と呼ぶのだろう。

どういう隕石が、大海を燃やすのだろう。

夢に、自分が横たわっているのを見た。窓の外の騒がしい波音がどんどん大きくなった。その孤島は、鴎でさえ棲めそうにないが、窓にぱっと浮かび上がる男の顔は誰なのだろう？

8 冬

それは髪が白く変わるころ。それはオリオン座が、僕たちの傍らを通り過ぎるころ。それは精神が水分を失い、そうして大雪が工場の受付へと降るころ。椅子に掛けている娘は、ライト揺らめくダンスホールへの招待状を受け取り、アマチュア作家は文章を書く手を休めて、夜明けの鳥のために餌を準備し始める。

雪が降り、馬の糞が凍って硬くなる。田舎は、ダンスをしようと都会へ行くに違いない。

猫が道の真ん中で、二種類の声を使って一人で議論をしている。

子供の頃に観ても分からなかった絵は、今になっても相変わらず理解する術がない。

雪に覆われたタクシーは北極熊のように真っ白い。そいつはエンジンが故障して、体温が零度にまで下降した。僕はそいつの自暴自棄を見るに忍びず、窓に「好きだよ」と書いた。指がガラスをこすると、そいつは愉快そうに「キュキュッ」と鳴り、まるで女の子が、キスを待って、おでこを輝かせたようだった。

病気は冬に流行するというものではない。それ自身の都合があるのだ。

凍りついた水道は、滴る水も残らず節約する。氷に閉ざされた海は、僕たちの死を節約する。

夜中に目を覚ますのは、いつも暖炉が消えるときだ。裸足でベッドから下りて、暖炉に向かい、火箸の音を立てると、挨拶もせずに別れた炎が、またパチパチと戻ってきて、この世の闇夜の、唾液と呼吸を暖める。折しも狼の群を夢に見た人は、火がおきれば救いになる。僕は彼に告げようと強く思う。たとえ寒さの真ん中にいたとしても、炎はやっぱり火傷の元だと。狼の群れが炎を恐がるのは、きっと彼らの仲間の誰かが、炎で火傷を負ったことがあるからだと。

ドアを破って侵入した男よ、おまえはベッドの下の貯金壺を持っていっていいぞ。僕の暖炉の炎を持っていっていいぞ。だが眼鏡、スリッパは持ってゆくな——僕がこの世に生きているように見せかけるのだ。

名前の書いてない住所が長いこと僕を沈黙させ、顔を忘れさせる。もう一つの生活や時間を片付けるもう一つの方法が、僕の別の部分の血肉を構成する。僕は住所を手にして風雪みなぎる大通りを行くが、どういう人間に受け入れられ、また拒絶されるのだろう。

痰の跡。人が生きている。

寒さは、僕たちの忍耐力を見くびるのだ。

訳注

3　居室

①武松（ぶしょう）＝明の小説（北宋末期が舞台となっている）『水滸伝』に登する無頼の豪傑の一人。虎退治の英雄。武大郎という兄がいる。

②西門慶（さいもんけい）＝『水滸伝』に登場する金持ち。武大郎の妻である潘金蓮と密通し、彼女に夫を毒殺させる。潘金蓮も西門慶も武松に首を切り落とされる。二人が殺されなかったことにして『金瓶梅』という小説が書かれる。

③劉軍（リウチュン）＝西川の本名。

4　巨大獣

④画眉鳥（がびちょう）＝中国南部に分布。ゆったりした、艶やかな声で、よく鳴き、飼育愛玩に適する。雄鳥を闘わせたりする。

⑤海子（ハイズ）＝一九六四年～一九八九年。安徽省生まれ。鉄道自殺。西川の詩友。七年に満たない間に、大量の文学作品を創作。西川は（駱一禾と共同して）『海子詩全編』（一九九七年、上海三聯書店）を編集する。本書は、後に再編集されて『海子詩全集』（二〇〇九年、作家出版社）となる。

⑥駱一禾（ルオイーホ）＝一九六一年～一九八九年。北京生まれ。西川の詩友。海子の死の七十日後、『海子詩全編』編集のとばくちで他界。その作品は張玞編『駱一禾詩全編』（一九九七年、上海三聯書店）に収められている。

鷹の言葉

一　思想には害もあり、恐さもあるということ

1　僕は聞いた。ある村では、村人全員の頭脳が何らかの疾病によって壊死し、村長の頭脳だけが半分の腐りだという。それ故、しょっちゅう誰かが真夜中に村長の家に駆け込み、ベッドから彼を引っ張り起こし、そして怒鳴り声で「この件を考えてくれ！」と命令するのだという。

2　思想は、負担となり、尊厳を損なうということを考えよ。

3　僕は聞いた。ある男の子には、あれこれ下らない工夫をして鉄鍋や鳥の巣に隠れる習慣があったが、母親は、彼が母の手の平からは駆け出せないと確信していたという。それからずっと後のある日、息子は行方知れずとなって、彼自身自分がどこにいるのか分からなくなり、言うまでもなく、息子について苦慮する母親のことなど分かるはずもなかったという。

4　思想の堅牢さには、害もあり恐さもあるということを考えよ。

5　（「悪習」と言われるものは、人を夢中にさせ、欲望を満足させる。）

6 僕の祖先は、君主に思想禁止の提言を上申したことがあり、君主は喜んでそれを受け入れたが、程なく、今度は実施の延期を決定し、民が家の中で裸になることを禁止する旨を決定した。

7 彼は過ちを犯した。それは彼に思想が欠けていたことをはっきり示している。思想の門を押し開くとき、中から出てくるのは美女であって虎ではないと、敢えて言明できる人はいない。美女は吠えることができず、虎は恋の心を持たないと、敢えて言える人もいない。この故に、思想より笑わせることの方がましだ！　この故に、薬剤師は睡眠薬を発明した。

8 睡眠薬は思考の化け物を追い払うことができるが、どの薬瓶にもそれが書かれたことはなかったのだった。

9 眠れぬ夜に、誰かが僕の名前を呼ぶ声を聞いた。その声を追いかけて、風に向かって川を渡り、あぶなく滑って転ぶところだったが、誰にも追いつけなかった。きっと化け物が取り憑く第一歩だったのだ。

10 塀のそばをブラブラ歩きながら、金庫の鍵を懐に押し込んでいるような気分だった。僕は何度も振り返り、自分をつけているかも知れない人間を探した。木にぶつかるまでずっとだ。懐に金庫の鍵を押し込んでいるらしい、もう一人の人間にぶつかるまでずっとだ。

11 僕はとっくに横道に迷い込んでいると思う。自分自身に逆らうのが楽しいのだ。僕がすすんで逆らうとき、他人はいつも楽しくない。喜んで僕が逆らう相手は自分自身だ。

12 僕は鏡の中に自分自身を見出すが、自分の思想は見つからない。自分の思想をいったん見出したら、思想は停滞する。

二　孤独とは欲望が満足に至らないということ

13　月は情欲を掻き立て、玉葱は性欲を掻き立て、薬草は病欲を掻き立て、炎は死への欲望を掻き立てる。食欲となると、それが自分に由来するのか、それとも腹の中の回虫に由来するのか、はっきりとは言えない。回虫となると、そいつが僕の活発な意識に関わっているのかどうか、明確には言えない。

14　欲望の前では君主も直立不動の姿勢をとろうとし、欲望の支配下では愚者も己の頭の切れを顕示しようとする。きみは、どんなものが風と共に逝くのか、全然知らなくても、自分の欲望する両手が空っぽであることは知っている。きみはここから、孤独の門へ入ってゆくのだ。

15　もしかしたら、忍耐力を試すために、きみは家を捨てたのかも知れない。そして、苦しげに考えるのに飽きて、楽しみをもう一度招き寄せようと、その家に帰ってきたとき、既に鼠たちの制度が打ち立てられているのを発見するのだ。君はそこを通って孤独の門へ入ってゆくのだ。

16　もしかしたら、自分が日増しにひどくなるんじゃないかと疑って、闇雲に自己処罰を始めたのかも知れない。それは手ずから植えた骨と皮ばかりの林檎の木から、落ちてきた丸々とした林檎に打たれて、気絶するようなものだ（林檎は君のことをニュートンだと誤解した）。君はそこから孤独の門へ入ってゆくのだ。

17 もしかしたら、きみは偽りの声で偽りの世界のことを討議したのかも知れない。きみが間違ったのでなければ、世界が間違ったのである。きみが顔を真っ赤にして言葉に窮する事態に追い込まれたとき、真心が出現した。君はそこから孤独の門へ入ってゆくのだ。

18 もしかしたら、きみは空想で使命を創り上げ、それで地下工作者のように仕事をしているのかも知れない。その使命は最後にはきみの命を脅かす。君はそこから、孤独の門へ入ってゆくのだ。

19 孤独は、自我の迷宮。その迷宮で、植物が花を咲かせるのは、誘惑するためではなく、売り出すためでもない（別に目的がある）。植物は結局、花が喜びの声をあげたり、歌い踊ったりするのを見ることはない。（この内なる喜びは見た目にはよらない）。

20 きみが鳥を飼ったら、その自我の迷宮を鳥籠に変えることになる。犬を飼ったら、その迷宮は犬小屋に変わる。自分が鳥であることを否認しようとするとき、きみは鳥と言い争っている。自分が犬であることを否認しようとするとき、きみは犬と同じように吠えるしかない。

21 危険な孤独者よ！　きみの痔はまだ痛むか？　この痛みは僕たちに注意を促す。時間は仮説ではなく、流れる血の脈拍、機械の回転速度、夫婦間の摩擦、それに知力を磨り減らすものだという。いつまでも鳴り止まぬ拍手の音は、孤独な者が危険な氷の上を滑り続けるのを鼓舞するのだ。

22 君は宴会とすれ違ったために殴り合いになった。君は聖人でも賢人でもなかったので、路上で酔いつぶれた。君が歌うと、他人は君が金切り声を上げていると思った。君はいろいろ要求するが、最後には自分自身を差し出して、君の後をつけた奴ともども落とし穴に落ちる。

23 孤独は膨大な体積を持っている。

24 孤独の迷宮では、人の多さが災いとなる。

25 そのチャートをちょっと読んでみよう。悲しみは一番目の分岐点。ひとつの道は歌へと通じ、もうひとつの道は困惑へと通じている。困惑は二番目の分岐点。ひとつは享楽へと通じ、もうひとつは虚無へと通じている。虚無は三番目の分岐点。ひとつは死へと通じ、もうひとつは悟りへと通じている。悟りは四番目の分岐点。ひとつは風狂へと通じ、もうひとつは静寂へと通じている。

三　暗い部屋でのニセの因果とホンモノの偶然のこと

26 暗い部屋で、僕は壁に耳を押し付けて、耳を澄ましたが、隣の物音は全く聞こえなかった。ところが、突然、隣室でも壁に耳を押し付けている気配がした。僕は急いで耳を離し、品行方正な人間になるよう自戒した。

27 暗い部屋で、父が悪夢から覚めたとき、僕は美しい夢から覚めていなかった。父は僕を一喝したが、それはもっともなことで、僕は深く反省し、主君への忠義と両親への孝行を両立すべく努力しようと思った。僕は美しい夢を父に語り、それを夢見るようにすすめたが、父はその美しい夢をトイレに流してしまった。

28 ある禁欲主義者は、死の中を逃げ延びて生き返った後、金持ちの放蕩息子となった。

29 ある若者役の二枚目が、他の若者役の二枚目を二人殺した。理由は三人の顔立ちが同じだというだけだった。

30 暗い部屋で僕は詭弁を弄した。疑いようのない馬鹿者が入ってきて、僕の前に平伏した。僕がそいつを一蹴し、詭弁の楽しみを続けていると、また別の馬鹿者がドアを壊して侵入し、包丁を振りかざして、僕を血祭りに上げた。

31 暗い部屋で、僕はテープをかけた。テープから流れるメロドラマによって、自分自身への同情が呼び覚まされた。このとき泥棒が、ベッドの下から這い出てきて、まず人生の意義について論じ、そして僕に向かって、悔い改めて真人間になると約束した。

32 『論語』を熟読した人が、『論語』を熟読した別の人を、完膚無きまでに論破した。

33 杜甫はあまりに多くの称賛を得たので、もう一人の杜甫はきっと何の収穫もないだろう。

34 暗い部屋で死者をもてなしたことがある。それは僕の祖先ではなく、隣人だった。輝かしい彼の人生を物語ってやると、その青黒い顔に赤みが差した。何年も経ってから、僕は彼の孫の家で腹いっぱいの食事をした。

35 暗い部屋で、想像によって女の子の肖像を描いた。友人の一人がその絵の女の子と知り合いで、彼女は東城区春草横町三十五番地の家に住んでいると言った。僕はそこを探し当てたが、彼女の隣人は、彼女は遠くへ出かけたばかりだと言った。

36 墓を盗掘するのが愉快だという者は、すでに盗掘されて空になった墓を前にしては、何もできない。

37 何もできない炊事係は、自分の暗い部屋に帰ってくる。

38 暗い部屋で、僕は先祖三代伝来の金の指輪を落としてしまい、見つけられなかった。それで、僕の部屋の地下にはもう一つの暗い部屋があるんじゃないかと、疑っている。金の指輪をした人は皆、僕の部屋の下に住んでいるんじゃないかと疑っている。

39 暗い部屋で、ドアを間違えて入ってきた奴が、その間違いをそのまま押し通そうとした。彼はリュックを下ろし、顔を洗い、歯を磨き、その後で、出てゆけと僕に命じ、ここはオレの家だ、オレの根城だ、どこへも行かんぞ、と言った。そうして僕たちは暗闇の中で取っ組み合いの喧嘩をした。

四 間抜けな善と、いざこざを引き起こす悪のこと

40 醜い顔の微笑は、優雅さに欠けているけれども、《善》と言っていいだろうか。作り声で歌えば、聴き心地はいいけれども、《誠実》と言えるだろうか。崔鶯鶯（注①）は一度も、

男といちゃついたりふざけ合ったりしなかったのに、姦通罪を犯したと疑われ、胡麻油売りは輝くばかりの顔立ちであっても、女友達がいなかった。

41 鳥は風に逆らって飛び、船頭は流れに乗って進む。広間で、墓地で、御主人や、奥方たちは、それぞれの職務を司り、使用人や、仲人たちはそれぞれ楽しみを得る。

42 線路の両側では、土着の盗賊たちが、投降帰順の呼びかけを受け入れようと待っている。首都では、血も涙もない業突く張りが破産を警戒して……ときとして悪人たちが、僕を笑いこけさせる。恥をかかずにすませようとして、ときとして善人が残忍さを装い、悪人が悪事を恥ずかしがる。

43 僕は善に痛めつけられて、映画の中の悪人の太った体を心から羨み、その疑わしい特権を分かち合いたいと思った。悪巧みにはめられるかも知れないということになってはじめて、僕が善を修行している家に帰り、悪の美学を家族に伝授したのだった。

44 コソ泥やスリは決して世界を破壊できない。また、喜捨したり他人を憐れんだりする人は、決してこの世から苦難がなくなることを願っていないだろう。

45 いたる所で目にする善。なんと平凡なことだ！　悪。どんなに霊感が必要なことか！

46 僕は、おとなしい兎を追いつめ、さらにそいつを食べてしまうけれど、残忍な輩ではない。だが兎はきっと、来世では僕を食べて、善に向かう胃袋を満足させてやろうと、ひそかに決心するだろう。しかし、その目論見は茫漠としている。というのも、僕は来世では空を飛ぼうと準備しているからだ。

47 たった一人で遙かな道のりを行くなら、聖人賢人の呪詛を免れるかも知れない。聖人賢人は言う、「悪人は群れるのが好きだ」と。だが悪人たちにとっては、善の原則こそ既に多数決で決められているのだから、たった一人で遙かな道のりを行く者は陰険で、本心を推測しがたいように見えるのだ。

48 ぼろぼろの麦藁帽子が聖人の頭に落ちれば、聖なるものに変わるが、蚊はたとえ聖人の血を飲んだとしても、叩き殺されるだけだ。これは、悪がいざこざを引き起こすことの例の一つだ。

49 悪人が仲間のことを自白したら、その罪を減じてやってもいいし、善人が仲間をおだて上げたら、僕たちは、彼が善行を積んだと言わなければならない。この指摘は、悪がいざこざを引き起こすことの、その二だ。

50 僕は誰の鋼の刃となって殺し合うのだろう。誰の鉄鉾にぶつかって火花を散らすのだろう。その鋼の刃である僕を振り回して、誰を恐れさせ、誰を楽しませるのだろう。

51 僕は一瞬のうちに自分の背後に回り込む。「そんな筈はない!」と君は言う。

52 僕は一度も自分の法律を公布したことはない。開廷を宣言しただけだ(ハンムラビは彼の法律を公布し、そのために彼の王国は消滅した)。僕が一度も公布したことのない法律は雷電であり、花弁だ。

五　事物との親密な体験のこと

53 僕は、小都市を避け、そこの愚鈍な思考を避け、鷹が大地に落とす影について行った。それらの思考を避けて、僕は火災と洪水、猛獣の残酷さを理解した。

54 僕は、鷹の中に鷹がいるように、僕の中に僕がいることを少しずつ信じるようになった。電球が僕の体内で社会を照らしている。体が揺れると、腹の中から碗や小皿が落ちて砕ける音が伝わってくる。

55 河の流れが僕に波紋をもたらし、岩石が僕に石英をくれた。それを貰っても何の役にも立たなかったが、僕はありがたいと思い、お礼に、それらが必要とするわけではない歌声を聴かせてやった。

56 そこで僕が自分の肉体を忌避して、香水の一滴になると、意外にも蟻が溺れ死んだ。そこで僕は蟻に変身し、象の脳味噌にもぐり込んで、そいつを地団駄踏むほどに苛立たせた。そこで僕は象に変わり、全身から異臭を発した。そこで今度は異臭に変わったが、鼻を覆ったのは、総じて人だった。そこで僕はまた人に変わり、運命の悪ふざけを甘受した。

57 自然を愛しているが、その意義については懸案のままだ。人類を愛しているが、その徳行については懸案のままだ。縦に深い世界に対して、愛が深まれば深まるほど、偏見はますますひどくなる。これは祖先たちを大笑いさせる。終わることのない変化の中で、彼らは僕たちの周りを巡り、じかに僕たちの後代の一族に加わる。

58 僕は、僕の子孫になって、雨に僕の防水性能を検査させてみた。そうして雨になって、インテリの禿げ上がった頭の天辺を濡らしてみた。今度はそのインテリになって社会を憤り世俗を憎み、地面から石ころを拾って抑圧者に向かって投げつけてみた。それから、同時に石ころと抑圧者とになり、自分が自分から石ころをぶつけられたその瞬間、僕の二つの脳味噌は同時にうなりを立てた。

59 沈黙。沈黙だけが喧噪の世界と釣り合いを保てる。

60 喧噪の世界に隠された法則は、隣の家の女性から僕に伝わり、優しい気持ちに冷酷な攻撃を加える。だから土ボコリが僕の白手袋を汚すとき、僕は訴えを起こさないし、恨みを抱かず、それらがどんなに純潔な様で僕の魂の手に載るのか、牛のように苦労して想像する。

61 腐った稲藁の上で、地形を参照し、自分の性格を完成させる。

62 夕方、喧嘩をしているチンピラ二人を引き離した。僕は首を真っ直ぐ伸ばして人類の友情の中に入った。

63 あるいは、僕は最後には悟りの境地に至るかもしれない。だがその前に辞典を編纂し、人々があらゆることを素速く表現できるよう、親しみのある世界が言葉の中に安住するよう便宜を図るだろう。

六　格闘。獲物を引き裂いて食《くら》うことと死

64 では、思考を積み上げることを承服しない記号とは、鷹なのだろうか。だが、僕はまだ鷹になったことはない。あらゆる狐はことごとく人になった。僕が鷹になった振りをすると、誰かが僕になった振りをする。詩歌の角度から見れば、僕たちは完璧に自然な感じで協力し合うのだ。

65
僕は鷹の振りをするが、その恥じらいを装うことはできない。鷹になった振りをしても、鷹のようには取っ組み合いや急降下の攻撃はできない。たとえ格闘中の鷹に、取っ組み合いから遠く離れる心があったとしても、だからこそ、そいつは高嶺の鳥だ。たとえ急降下の攻撃の最中に、鷹の心の中が平静だとしても、だからこそ、そいつはほとんど神の領域に近づいている。

66
そいつは僕の夢の屋根をかすめて通る。一つの文字。一つの幻影。僕はその尖った嘴と鋭い爪は好きではないが、そいつと大地の間では悔いの残る理解と暴虐の愛が変わることなく続いている。

67
そいつは高々と飛び、そのように自分の飛び方をし、自分の影のようになって、叫びを心の中にしまい込んでいる。アイロンのかかったシャツのように羽を広げると、その時こそ大地が飛ぶのだ。

68
荒野の空から、鷹と蛇が取っ組み合いをしながら落ちてきて、ソフォクレスの頭を叩き潰したと伝えられている。もしそいつらが、どちらの側が叩き殺されることになるのか分かっていたなら、取っ組み合いができただろうか。死を嘘から出た真とし、逃れられない野性の悲劇を、運命の一言で受け入れられただろうか。

69 身代金を取れなかった賊に殺された人質三人が、喫茶店に戻るのが鷹の目に映る。もの寂しい郊外でロケが再開されている。都市と村をつなぐ道路で、またもや家畜たちは悪臭のない糞を、詩情も朦朧となるほどに漏らす。

70 鷹が持つのは血の知恵だが、それを独り占めにしたことは一度もない。

71 最後には飢えが、飛ぶことを、急降下して攻撃をしかけることを、さらに獲物を引き裂き喰らうことを思い出させる。飢えた太陽、僧侶、僧侶のもつ賓鉄（注②）の杖のように、鷹のように。最後には飢えて飛べなくなり、蠅の食い物になり、広げた翼二メートルの剥製になって、キャリアウーマンの応接間に置かれる。

72 鷹の、空間に消えた体は、時間のめぐりの中で再び鷹に出会う。

73 最後は死であり、誰彼の区別なく、貴賤の区別なく、最後には死が訪れる。それは形而上の死ではなく、肉体の死だ。傷口は化膿し、体は硬直する。それが肉体の死であり、僕たちはその循環に参加している。

74 僕たちは、これまでずっと死に神に媚びへつらい迎合してきたが、かえって僕たちの心の中の殺し屋を、法の外へのうのうと逃亡させている。鷹はこの点を理解していて、だから涙を落としたことがない。落涙するのは僕たちだ。もっと多くの場面で、僕たちはいつも笑い顔をつくっているが――誰のためだろう。

75 僕とあなたの間を鷹が飛び、思考と生命の間に真実が横たわって眠っている。だからもう少し待て。鷹の肉をメニューに載せるのは。

七 真実が現れるということ

76 一切があまりにも正確だ。だから不合理だ。一切があまりにも不合理だ。だから真実だ。正確なものはより正確に、不合理なものはより不合理に、これが真実が示している最もいい方法だ。

77 僕は鷹の頭を叩き切るために、そいつを描きだす。古い神話を証明したいからだ。もしそれで鷹に再生力が生じるなら、現在の世界に奇跡は必ず起こる。

78 「そりゃ無理だ!」と鴉は言った。「オレが絵にしてもらって鷹になれるかどうか。分からないとでも言うのかい?」。鴉は壁に頭を衝突させた。頭はまだくっついていたが、衝突によって穴ができた。

79 計算、威嚇、からかい、攻撃そして称賛。自衛に用いるこういう手段は、思考するときに偶然に一回だけ使うのがよい。

80 君は自分の存在を計算してみたらどうだ。心の計算はできない。貧乏人を脅かして黄金を呑み込ませ、死と富とを同時に持たせてやったらどうだ。九官鳥をからかったらどうだ。もしそいつが真理を喋っても、是非冷静でいてくれ!

81 早朝、犬が僕のベッド脇に来て吠えた。それで、いつもの通り容赦なくそいつを蹴りとばしてやった。そいつがもっともっと犬になるように。

82 愚か者に、その愚かさを究極にまで推し進めさせ、最後には聖人賢人たちとの優劣をなしにするという、考えに考えられた方法は、称賛に値する。彼が僕の称賛から、掛け替えのない喜びを得たとき、彼は、ソクラテスが「自分は何も知らない」と宣言したみたいに、自分は愚か者だと宣言する。

83 真実。それは贅沢な言葉。悲惨な言葉。無理強いされてもどうすることもできない言葉。僕の辞書にはない。

84 だが、僕の言葉遊びの中にはある。天地をひっくり返すほどの、夜中に鬼神をさめざめと泣かせるほどの言葉遊びができるだろうか？　また、せめて僕の差し出した言葉を、幽霊に受け取らせることぐらいはできるだろうか？

85 幽霊は傲慢であり、不合理を理解しない。僕が鼻をつままれ口を塞がれて、死の淵から突然に覚めたとき、僕は、赤色は赤いと認めた。その後、自分の仮面を付けたが、その仮面には既に痘痕《あばた》があり、皺もあった。

86 あまりに真実すぎる！　一切は、だから正確だ。あまりに正確すぎる！　一切は、だから不合理だ。

87 もし、きみが真実に飽きていたら、きみの仮面の上にさらにサングラスを付けたまえ。きみは声をひそめて「真実は決して私たちを救うことができない」と言うだけでいい。

八　僕の無意味な生活のこと

88 群衆の中にいる人は人ではない。鷹の群の中にいる鷹が鷹ではないのと同じだ。ある鷹は路地の徘徊を余儀なくされ、ある人は空を飛ぶのを余儀なくされる。

89 空が暗くなれば眠り、明るくなれば起きる。いつも、発熱した医者と歯痛の郵便配達人をまず夢で見て、そのあとで彼らに出会う。だから自分に出会うためには、まず自分自身を夢に見なければならないが、自分自身を夢に見るのは、人を気恥ずかしい思いにさせる。

90 一度、夢で、目の不自由な人が僕に誰かのことを尋ねたことがある。その人のことは聞いたことはあるが全然知らないと答えた。目が覚めてみると、びっくり仰天、大声で叫んでしまった。この僕こそが、その目の不自由な人が会いたいと言っていた人間だったのだ！

91 釘が僕の手に突き刺さるときにだけ、手はどうにか真実を現す。黒煙に涙が出るほどにむせ返るときだけ、僕はどうにか自分の存在を感じ取る。白馬に整然と跨った十人の仙女が、僕の心をずたずたに引き裂いた。

92 このため僕は姓名を変えて、身分を隠し、諸国を行脚し、天命に従った。

93 僕はある小旅館の女将に、そこの支配人をやるよう求めた。彼女が驚き呆れているうちに、さらにただで食事を出し宿泊させるよう求めた。彼女は僕に尋ねた。「あんたは誰？どこからきたの？」僕は言った。「僕はこの二つの要求を出した人間だよ。さあ、どちらか選んでくれ！」。

94 僕は不気味な屋敷で方角を失った。まるで刺客がそこの秩序を撹乱しているかのようであり、ならず者が娘たちの恐怖を掻き立てるかのようだった。このとき、僕はもう一つの喪失——快楽の喪失を味わうことになったが、それで混乱と恐怖を忘れたのだった。

95　僕は包囲された都市に閉じ込められ、年取った知識人に出会ったことがある。彼に向かって僕たちの「苦境」と「孤独」とを指摘したとき、彼は世の人の福祉だけに関心があると言った。だから僕は、鴉の嘴の中へ痰を吐いてやった。

96　僕は役人に昇進のコツを尋ねたことがあるが、彼は僕に、家に帰って良い公民となるよう勧めた。僕は彼に尋ねた。「どうやったら石を黄金に変化させられるか知りたいですか？」彼が強欲な目つきを露わにしたときに、僕は言ってやった。「僕の方だって内緒ですよ」。

97　坐ることができたら座り、寝転ぶことができたら寝転ぶ。暮らしてゆくために、僕は毎日三つ以上の仕事をする。ところが一つの仕事を終えるたびに、いつも一人で、僕が得るはずの報酬を受け取りにゆくのだ。

98　聖人や賢人は言った。「鷹は飛翔に陶酔する」。いや、違う。鷹は陶酔などしていない。人が歩くことに陶酔していないように。

99　だから一時間、どうか僕がきみの部屋で過ごすことを許して欲しい。なぜって、鷹が僕の心に一週間住むつもりだから。もしきみが、受け入れてくれたら、僕は喜んできみが望む姿になろう。だがあまり長い時間は無理だ。そんなことしたら、僕の正体は、すっかり暴かれてしまうだろう。

訳注

40 ①崔鶯鶯（さいおうおう）＝恋物語『会眞記』のヒロイン。文辞に巧みで、張生という男と詩のやりとりをし、親密になった。中唐の詩人元稹の作。

71 ②賓鉄（ひんてつ）＝古代、刀剣の鍛造に使われた、精錬された鋼鉄。

南新彊紀行

零または無限が一つ意味であるのは、存在または非存在が一つ意味であるのと同じだ。話すまたは話さないが一つ意味であるのと同じだ。群山の中で細部は省略されている。群山と向かい合うのは、虚無または大道と向かい合うのと同じだ——失礼！　ストレートに言い過ぎた。

天は公平無私。地も公平無私。善もなく悪もない土地の、小さな善と小さな悪。古もなく今もない土地の、この時刻。庫車（クチャ）にあって、阿克蘇（アクスー）にあって、時間は我が思う腕時計に属し、群山にぴったりの、壮大な叙事に内包されている。

群山。群れなす美しい山々。それらが、使い道のない様々な容姿を与えられるのは、あるいは天の意志なのかも知れない。貧しさは、偉大さだけが残る群山に至り、天空でさえ、その野蛮な成長を抑えきれない。にわか雨は、やってきてはまた去ってゆき、妖怪のように無分別だ。このひっそりとした浪費は驚くべきものだ。——御免！　それは天の意志かも知れない。

かつては行商人と僧侶が通行した道で、小さな驢馬の頭は空っぽになっている。そいつは、西域が如何にして三十六の国家から五十五の国家に変わり、百の国家に変わり、そして尼雅（ニヤ）と楼欄の砂丘に変わってしまったのか、もう覚えていない。

とことん荒涼としているので、もうそれ以上荒涼とはなりようがない。荒涼が「荒涼」という語を使い尽くしてしまった。荒涼の真ん中で、僕は大地に圧倒されている。見渡す限り、人影は無く、有るのは群山だけだ。群山の氷雪だけだ。静寂も一種の暴力だ。

＊

最初、僕は周の天子と一緒にいた。周の天子は、八頭建ての馬車に乗って巡幸し、春の山に至った。僕は、彼が眺めた、雪を戴く山の一つ一つを記録に留めた。彼が驚嘆するたびに、その声を記録した。

それからまた、僕は西王母と一緒にいた。西王母は崑崙の丘、すなわち大地の真ん中を計測確定した。俗世を超越した庭園をそこに造り上げたのはそのためだ。

それからまた、僕は東方朔と一緒にいた。この人は若い頃、仙人に学び諸国を行脚した。彼の西域がらみの珍しい話、怪しげな論は、どうも根拠があるようだ。

それからまた、僕は玄奘と一緒にいた。この人は、何度も大変な苦難を経験した人なのに、どうしてまた、猿、猪と関係がもつれてごたごたしたのだろう？

それからまた、僕はヨセフ・ハス・ハジブと一緒にいた。僕はだんだん道徳・格言が好きになり、しかも詩歌の形式と韻律に関して、いよいよ口うるさくなっていったのだ。

注　ヨセフ・ハス・ハジブ＝十一世紀回鶻《カイコツ》語（古ウイグル語）による、一三、二九〇行の長編詩『知恵の喜び』の作者。一〇一八年生まれ、卒年不詳。この長編詩は一〇六九年～一〇七〇年に書かれた。

それからまた、僕はマルコ・ポーロと一緒にいた。この人には、大法螺の文章が大量にある。しかし、彼は西域を二度通り、確かに内面に強靱な力があったのだ。

それから僕は、自分こそが『山海経《センガイキョウ》』を著したあの人なのだと感じた。

注『山海経』＝著者・成立年代ともに不明。神話を多く含んだ中国古代の地理書。

＊

一生涯暇なのは、暇がないのに等しい。一生涯にわたって群山に寄り添うのは、自分が石の人間になるのを承諾するのに等しい。

窓の外は天山。天山は天上の石を集めている。氷雪下の天山は、氷の肌と玉の骨の仙女が、走った後に顔をホコリだらけにしているように見える。この液体の石は、石ころと石ころの間で思い思いにぶつかり合う。

山に近ければ山で生計を立てる、というのは余所の土地の幸運だ。この土地の人は、山に近いのに山では生計を立てられない。ちょうど鳶が兎を捕らえられず、鉄砲の弾がカモシカに追いつけないようなものだ。ほとんど何も育たない、この群山。雄大さを除けば何一つ取り柄がない。

彼らがストーブの上に声を発すると、たちまち恐怖の声が聞こえてくる。

彼らはびっくり仰天して色を失い、二つの雲が、一つは黒一つは白の塊が、二羽の鴉を乗せて谷へ消えてゆくのを目撃する。

余所の人間はこの群山にこだわるが、彼らはこだわらない。彼らは、ロバが荷車を引けるのか、荷物を運べるのか、それだけにこだわる（母ロバは、男の身の回りに付き添う、臨時の女房役を務めることさえでき、しかも口が堅い)。

彼らはわずかの詩情も持たず、大世間の必要とするユーモアに紛れ込んでゆく必要もない。

彼らは谷と山裾に放り出されており、心の落ち着きは、石ころを投げることによって得られる。石ころは遠くまで飛ばすことができ、彼らの辛苦は遠くにまで伝わってゆく。彼らは夜によって、自分の石造りの小屋に押し戻される。

群山の中に生まれ、群山の中に死ぬ。それでも、そうするしかない。いい加減に慌ただしく通り過ぎてゆく旅行者の、感傷癖。

彼らは犬の牙を狼の牙だと言って売っており、時折、何枚かの小銭を手にする。

*

右から左へ向かって伸びてゆく文字。食事を手づかみでするような脂っこい文字。それは、亀茲歌舞団が巴依族のお役人の旦那を歓迎するためのメニューのことだ。右から左に向かって伸びてゆく文字は、右から左へ向かって伸びてゆく思想でもあり、それは孔子にとっては見知らぬ思想だ。ちょうど、巴依族のお役人の旦那が食べる羊の丸焼きについて、孔子が何も知らないようなものだ。

アルトゥシの町にぶら下がっている羊肉の周りには、蠅の変わりに蜜蜂がブンブン飛んでいる。どのように花粉を集めるのか、蜜蜂は忘れてしまっているのだから、蜜蜂たちが醸し出した蜜は、きっと羊肉の臭いがするはずだ。羊肉の臭いのする巴依族のお役人の旦那は、このゆえに社会と人生に喝采を送るのだ。

だが、莎車県（ヤルカンド）のソフィーは、読経していないときは、乞食をして回っている。彼らは巴依族お役人の旦那一族のことなど眼中になく、その大声など聞き入れないのに、巴依族のお役人の旦那と同じ髭をたくわえている。彼らは黙々とアマンニシャハーンの華麗な陵墓を通り過ぎて、誰かが鉄桶を敲いて奏でる《ヤルカンドカム》に慎み深く耳を傾ける。

注　《ヤルカンドカム》＝ヤルカンド汗国の国王ラシド汗の妻アマンニシャハーンが整理し、型を定めた、ウイグル音楽の有名な嬉遊曲。

雷電がオイタ一ク景勝地区をこっそり行進している。夜の雨は、まず篝火を濡らして消し、そして僕のパオに流れ込んでくる。別のパオでは十六人のキルギス娘たちが、夢に出てくる巴依族の旦那のために、身震いしながら雨音に呼応して花開く。だが、付近の第四期氷河は、廃棄された天国のようなありさまだ。

八千年前の天国の、神の精液が固まって、和田（ホータン）の玉《ぎょく》になったのだ。巴依族のお役人の旦那は、天国の神の精液を握り、漢族の玉狂いを嘲笑し、次に僕たちのために、法律上の妻と宗教上の妻とを区別し、さらに僕たちに向かって、枕元で剣を振るい槍を使うのが得意なことを暗示した。

*

僕は食べた。西瓜、ハミ瓜、無花果。僕は食べた。胡麻、葡萄、巴旦杏。

僕はナンを食べた。牛糞を焚いて焼いた。硬いナン、軟らかいナン。ナンの上に落ちた黒い蝿を食べた。何故なら、そいつらは僕より清潔なのだ。

僕は羊の腎臓を五十個平らげた。二十五匹の羊が僕を地面に踏んづけた。

僕は砂の棘を食べた。ゴビに飛ぶ鳥が、石ころを食べるのと同じだ。飛ぶ鳥の胃に石ころがいっぱいになっても、飛ぶ鳥は依然として飛んでいた。飛ぶ鳥は糞を落としたが、石ころは依然として石ころだった。

僕は凍りついた山を食べ、凍りついた山の、高山植物の雪蓮を食べた。いいと思うものは何でも食べた。必要、不必要に関係なく。消化する、しないに関係なく。下痢する、しないに関係なく。

僕はシルクロードのけばけばしい老妖怪も食べた。老妖怪の変身した、小さなつむじ風も食べた。

僕は飛び交う小さな仙女も食べた。彼女たちの産毛、乳房、それに太腿。実に美味しかった。彼女たちの、歌も踊りも上手な、疲れ知らずの影も食べた。

僕はプリント生地を食べ、花柄帽子を食べ、タンバリンを食べ、楽器のドゥタールを食べた。

僕は火焔を食べた。特に、真夜中過ぎの崑崙山でパチパチ音を立てる火焔を好んで食べた。

＊

故障だ。僕の内なる羅針盤、そして酸素不足のライター。父なる氷の山であるムズタク山（六九七三メートル）は、僕のライターが東方から来たことを軽蔑した。着火できないでいる僕の心臓は鈍重に、鈍重すぎるぐらいに高鳴った。

それまでは想像上の南新疆の群山だったのであり、その後のことである現在、それが海抜三七〇〇メートルに存在し、海抜四六〇〇メートルに存在しているのを見たが、ピンと来なかった。つまり、そういうことだった。細部を見てもピンと来なかった。つまり、そういうことだった。僕は認める。もしかしたら、時々僕は間の抜けた人間だったのかも知れない。

僕の感性は、色とりどりの群山に釣り合う詩句を生み出すには力不足だ。僕の理性は、突厥汗国の支離滅裂な歴史を精査するには力不足だ。同様に僕の経験は、人間の生活に向き合うには不足している。

インジサーのナイフは、瓜を割り野菜を切るには贅沢すぎ、人を殺すには美しすぎる。

注　インジサー＝英国の地名（Yengisar）。ナイフ生産四百年の歴史を持つ。

タリバンの読経棚は、如何なる人からの出任せも許さない。

僕の歯は、「ヤクシ　ムサイス」――ニイハオと言うとき真っ白になる。だが、この荒涼たる群山は、どんな男の子なら、わずかばかりの竈の煙と、そして肉かすの沈んでいるムサライス葡萄酒に許可を与えて、わざわざ単純素朴なコルバンに成長させるのだろう。

注　ヤクシ　ムサイス＝ウイグル語。
コルバン＝人名。漢字では「庫尔班」。新疆和田（ホータン）の農民。繰り返し驢馬に乗って北京に上り、毛主席に会おうと試みた。一九五八年六月二十八日、毛主席は彼に接見した。時にコルバンは七五才。今も和田市中心の広場には、二人の対面の像が立っている。

もう一度あらためて、抒情の人になれと言うなら、僕は降参する。いわゆる遠方とは、人を故障させてしまうところの、この地方のことだ。

＊

大地の極端な在りようである砂漠。大地の一望千里の原理主義が僕を取り囲み、僕にそれを受け入れるよう求め、僕に滅亡するよう求める。大地が死んだ後の様子は、こんな風であるはずだ。

大地は一つの広がりごとに死ぬ。死んで国の主の足下へ行く。充分に生きた国の主は従順死ぬ。死んで駱駝の足下へ行けば、へりくだる駱駝は暫くためらい、そして死んでゆく。砂漠を眺望する人は、手にしっかりとポットを握る。

僕はタクラマカン砂漠の縁に沿って進んだ。僕の粗暴な気性も、腕力をふるうところはなかった。そうだ。僕の粗暴な気性も、腕力をふるうところはない。激怒した土着の鴉が、真っ白なアルカリの土地を飛んでいった。

砂漠の粗暴な気性は、時に荒々しく、時に優しい砂嵐だ。砂嵐に向かって恐れもせずに小便をし、唾を吐く者は、この世一番の恐いもの知らず。だが、最も人間味のない先覚者だ。

鳩が何昼夜もかけて砂漠を飛んで越えたと聞いたことがある。そいつが、何ものにも妨げられず飛行ができたのは、つまり、砂漠がそいつの運命について関心を持つのを潔しとしなかったことによると思った。確かに砂漠は誰にも関心を持たない。

尼雅（ニヤ）と呼ばれる村のことを聞いたことがある。ある人が十万元かけて砂漠へ行ったのは、尼雅（ニヤ）に行って、今も変わらずに立っている戸板を、ちょっとノックしてみるためだったという。だが戸板は幽霊の挨拶だけを受け入れるのだった。生きている人間のことは誰も気にしなかった。

砂漠とは、井戸と井戸の間の、人を絶望させるような距離のことだ。また井戸とは、二つの砂漠の間の暗がりに選定された、約束の地だ。

一粒の砂が気付かせてくれた。生きたいように生きろ――他にどのように生きられるというのだ？砂漠が気にしていないのだから、気にするものがまだ他にいるというのか？一面の砂はまるで死そのもののようだった。

＊

悩みを取り除く高さは海抜三二〇〇メートル。一歩をふわり踏み出すことのできる地点。東経七五度〇一分、北緯三七度〇七分。楽園。ユートピア。石ころの町。タシコルガン。四面は群山。氷雪が群山の頂きに坐っている。

鷹が十字路に降り立った。

ペルシャ人、ローマ人、漢人、インド人が十字路で相見え、もっと早く出会わなかったことを悔やんだ。四面は群山。始まりはゾロアスターの群山。後ろからはイスマイの群山。

箒を手にした老人が大通りをきれいに掃いた。

中年の男が彼の戸板に緑色のペンキを塗った。

牛がアラーの招きに応じ、自分だけで城外へ出て、自分だけでパミール高原を歩き回った。家を離れて世界を歩き回った娘が、故郷に戻ってみると、監獄は既に五十年間使われていなかった。

四面は群山。黄金は隠しても、盗賊は隠さない群山である。

警官に思想家の表情が生じている。

よそ者の耳に、鷹笛のしわがれた響きが入り込んだ。彼は己の飽くなき貪欲さに恥じ入る。

二人の男が、互いに相手の手の甲に唇を押し当てる。

八人の婦人が、文化会館外の、体育器械でトレーニングをする。

四面は群山、生活を制限する群山。山中の巨石に「ルツヤ（雲よ）、おまえを愛している。

二〇〇〇年七月十三日」と書いてあった。四年後、僕はこの無名者が白雲宛てに書いた誓いの言葉を読んだ。

現実感

一　僕の祖母

祖母が咳をしたら、千羽の雄鳥が目を覚ました。

千羽の雄鳥が鳴いたら、一万人が目を覚ました。

一万人が村から出ていっても、村の雄鳥は相変わらず鳴いていた。

雄鳥の鳴き声が止まっても、祖母は相変わらず咳をしていた。

相変わらず咳をしていた祖母は、彼女の祖母のことを語り始めたが、声はどんどん小さくなった。

まるで祖母のまた祖母の声がどんどん小さくなったかのようだった。

祖母は語りまた語り、語るのを止めたらたちまち目を閉じた。

まるで、この時になってやっと祖母の祖母が本当に死んだかのようだった。

二　祖母

中庭。五百年の歴史。そのうちの九十六年を彼女は見てきた。西の小さな竹椅子に腰かけ、髪を梳いては、また髪を梳いた。ドアは開き、彼女の脇、彼女の周りは、竈であり、竈の上の鍋であり、テーブルであり、テーブルの上の醤油ビンであり、プラスティック籠であり、籠の中の白菜とニンジンであり、そして壁際の薪だった。西の棟の屋根の上を白雲が悠々と流れた。屋内は煙に燻され、火に焦がされて、九十六年着たきり、一度も洗われていない、黒の綿入れのようだった。九十六年は、彼女を日照りに遭遇した土地に変えたが、その目だけは潤いがあり、潤い濁り、まるで、まだ完全には干上がっていない井戸のようだった。九十六年という歳月は、彼女をその身体の中へ深々と沈めていった。身内の者はいずれも既に鬼籍に入っていた。彼女は、まるで死んだ者を代表するように、西の棟に生きていだ。国民党の大隊長をしていた夫は、とうに共産党の墓地に埋葬されていた。彼女は髪を梳いては、また梳き、少しもいい加減にしなかった。その単調な動作が何回繰り返されても恐くなかった。彼女はとうに生活の最低ラインにまで後退していた。それより後退したとさえ言ってよかった。汚れた布靴は地面よりもっと低い地面を踏んだ。彼女は、理屈も意義もまったく要らないほど真剣に髪を梳いては、また梳いた。戸の外で花が咲いた。そのころの花は……

三　人格者

孔子の道家の弟と、荘子の儒家の兄とは同一人物だ。人格者だが、風采はわずかに神仙に劣り、談話はわずかに仙鶴に劣り、文筆は僕よりわずかに劣る。彼は批判という距離感を携えて、世間にやって来て、ちょっと巡り歩いてみたが、やっぱり最後には山深い原始林の貧困県に戻りたいらしい。

だが、この都市の床虱は気に入った。床虱のまるまる肥った足によって、世間の道理と人情の悪であることが分かるのだ。

だから、床虱はどうしても撲滅されなければならず、人格者は必ず腕前を示さなければならない。

だが、誰が彼と入れ替わりに山深い原始林における位置を引き継ぐというのだろう？

彼は大通りをくまなく歩いて、自分よりわずかに劣る人格者を尋ね求め、君の戸口を探し当てるのだ。

四　佩玲《はいれい》

後になって、彼女が佩玲という名前だと分かった。

彼女は学校へもどって昼休み。僕は引き続き街をぶらついた。

僕たちは期せずして、同じサトウキビの露店へやって来ていたのだった。

僕たちはノッポとチビの二人で、いっしょにサトウキビを噛み、水気のなくなった噛みカスを、そろって地面へ吐き、
蠅の飛んでくるのを、いっしょに見た――蠅も甘いものが好きだ。

それから、僕たちはいっしょにビーフンを食べ、団子を食べ、
その田舎町で一番美しかったその女子生徒は、どこから来たのと僕に尋ねたのだった。

僕は、彼女が早く成長して、僕の晩年の女友達になるよう願ったのだった。

五　西峡の田舎町

たまたま通りかかった田舎町。名前は思い出せない。

僕はそこで飯を食べ、ポットのお茶を飲み、ジャージャー放尿した。

町の真ん中の三角広場に立つと、北を望んでも山、南を望んでも山だった。

町を四人の男と一人の女が歩いていた（この数人だけということはあり得ない）。

犬が一匹、建物の陰から別の建物の陰へともぐり込んだ。

生活は、ほとんどそこに存在していないのに、町は空しく千年続いている。

僕の一生の全経験が、その田舎町を包含しようとしていたとは、思いもよらなかった。

思ってもみなかった。その町が破壊もされず、変化もしなかったのは、僕に一目で気に入られるという目的があったのだ。

六　暗くなったら

暗くなったら山々は消えたよ。見えなくなった。存在しなくなった。

まるで芝居がはねて、歌い手が退場し、小道具も大道具も退場したみたいだ。

真っ暗だよ。興坪の町はちょうど興坪自身であるかのように真っ暗になったよ。

食堂に最後の灯り。野菜を炒める音が続いている。

大きなガラス瓶の焼酎には、美しい模様の蛇が漬けられている。声一つ発しない。

まだ眠りに就く時刻ではないのに、人影もなくなり、山も消えた。

だが、こういう生活は、山々の間にだけ生まれ得るのだ。

注意深く目を凝らせ、山々は何処へ行くのでもなく、山の端をぼんやりさせて、ぐるり田舎町を取り囲んで聳えているよ。

七　夜行

まるで幽霊が生きているような夜。僕は道連れもなく、懐中電灯も持たず、大地の円を渡ろうと、直径を横切る。

祖国は幹線道路の両側に分布している。大雨は二都間に降る。

僕は鳥の幻想と蛇の憂いを抱いている。

彼方。樹林が僕の近づいてゆくのを出迎える。

木の葉に雨が滴り、根元はしびれ、稲妻に、木々は互いを見交わす。

八　鉄を鍛える

真っ黒な鍛冶屋。鉄を鍛える二人。

打てば打つほどに上がる腕前。打てば打つほどに使いようのなくなる青春。

彼らが鉄を打つと、真っ赤に焼けた鉄の塊に汗が滴り落ちる。
彼らが鉄を打ち、焼きを入れる様は、まるでテレビドラマを演じているようだ。
人には、腕時計とテレビ以外に、依然として馬鹿でかい農具が必要だ。
人は今、依然として、十三世紀の生活を開拓している。
二本のハンマーが一本の鍬を鍛え、その刃を平たくし、
焼きを入れて更に鍛え、月形が黒い赤になるまで鍛え、それが不要になるまで鍛える。
夜風にあたると、彼らには鉄を打つ音が聞こえてくる。

九　どういうことなのか

羊は草をはむ。ずっと死ぬまで。ずっと死ぬまで他のものは食べない
——それがどういうことなのか、お天道様だけが知っている。
祠の門は南面し、北から来た参拝者も南から門をくぐり、そうして深々と頭を下げる。
——それがどういうことなのか、ご先祖様だけが知っている。
ネギみたいな五人娘が突然に故郷の人たちの面前にヌード写真を持ってくる。
——それがどういうことなのか、県長だけが知っている。
白い雲が角の先端をかすめ、まだあんなに白いのに、形を変えてしまった。
——それがどういうことなのか、白い雲だけが知っている。

十　国境の高嶺

彼らは闇雲に山登りを続け、僕たちは一旦停止を決めた。

僕たちは山頂の果てしない風光を譲ることに決めたのだ。キョトンとさせたくて。

僕たちは残念な気持ちを少し残すことに決めたが、山腹の岩石に出会うだけだった。

濃霧が尾根を圧して、谷に適応しようとするのは、ちょうど
靴の底敷き売りの娘が、山に登ってきて厳しい寒風に適応するようなものだ。

彼女は、山頂から下りてくる最後の一人を待って、底敷きを売ろうと決めたのだ。

僕たちは仲間を待つが、彼らが山頂の様子を語るのは聞かないことに決めたのだ。

僕たちが自分たちの決定を大切にしたので、下山した彼らはきっとキョトンとするだろう。

十一　猪

葦泊郷の西にある古い林には、猪がうろうろ徘徊しているというが、
それは『山海経』には書かれていない動物だ。

僕はそこを一度、三度と通り抜けたが、始まりから終わりまでそいつに出くわすということはなかった。

だがそのことが、猪がいないということを意味するわけではないと僕は思う。

そいつは間違いなく、自分から遠くないところを偶然ヒトが通り過ぎるのを聞いたのだが、

通り過ぎた一人の方が自分の意気地なさをさらけ出したくなかったのだ。

そいつがまだ僕に出くわしていなくても、僕がそいつのことを思っていないことを意味するわけではないのだ。

頭の鈍いそいつは、間違いなくそう思うはずだ。

十二　小娘

「文明」と「進歩」は、何とイの一番にチンピラの頭のてっぺんに現れるのだ。不良っぽい四人の男子。ぶらぶら遊んでいる四人の男子。四人の騙り。四人の不良。彼らの黒い髪は黄色くなり、濃い色から薄い色へ変わる。彼らは街を横一文字に広がって進み、後ろから女の子が三人ついてくる。麗らかな陽射しだ。三人の女の子は流行りの髪型をその貧しい町にもちこみ、露店で蜜柑やバナナを売るおばさんお姉さんたちの、堪えられないほどの不格好を際立たせる。昨夜、彼らが飯屋で酒を飲むのを見た。彼らは町で一番遅く眠る人間だ。一番浪漫的な人間だ。韓国の風や日本の風が吹いて、彼らの性質を変え、彼らを現状に不満な若者に、他人を侮る若者に、周囲とはいっしょにやっていけない若者に変えた。また、今日午前のこと、街角から街角へとぶらつき、そしてぶらついて戻ってくる彼らを僕は見かけた。通りにあるのは、しかし、二軒の食堂、小学校、旅館、郵便局、薬局、魚屋にすぎない。魚屋の大将が顔色一つ変えず、ガチョウを締めている。三人の女の子のうち一人は確かにちょっと器量よし。ただし、見たところ彼女の青春は、その茶髪の一人に差し出すことができるだけだ。おのずからチンピラにはチンピラの幸運がある。おのずからチンピラにはチンピラの困難がある。

十三　喜び

馬が夕焼けを荷車に載せて田野へ進んでいった。
ひっそりしている田野。広々している田野。泥にガラスの破片が混じっている田野。
僕は糞尿肥を撒くのと同じやり方で、小金持ちのように夕焼けを撒き散らす。
僕は黒々と群がり集まって来る夜を、農民のように収穫する。

身体中に良い香り。だが僕は男なのだ。
足は泥にはまり込む。だが僕の身体は昇っているのだ。
どんな鳥がさえずっているのかも分からず、
自分の心をどうすることもできない

十四　テーブルの長腰掛け

田野に置いてあるテーブルの長腰掛けが、腰掛けるようにと　僕たちをさし招き
田野に置いてあるテーブルの長腰掛けが、テーブルの長腰掛けを
田野に置く感覚を体験するようにと　僕たちをさし招いている。
田野に置いてあるテーブルの長腰掛けは、僕たちといっしょに、見渡す限りの作物といっしょに、

いっしょになって、ある者は死を必死にこらえ、ある者は餓死する大地を構成している。
不可能だなんて大地は少しも言わず、
不可能だなんて僕たちは少しも思わず、
田野に置いてあるテーブルの長腰掛けは、不可能なんて少しも心の中に置かない。

十五　ああ、君主は三代続かない

ああ、君主は三代続かない。僕もこの大通りで長椅子に腰掛けてビーフンを食べる人だ。

ああ、君主は三代続かない。僕も背を丸め、杖をつき、歯が抜けて、戸口で馬鹿笑いしている。

ああ、君主は三代続かない。僕の家でも同族祖先の位牌に供え物をしている。

ああ、君主は三代続かない。僕も為すこともなく、暗くなるまで牌を自摸《つも》り、将棋を指す。

緑の山と青い水は余りにも多い。
秀麗な緑の山に向かい、何と僕は眠ってしまった。
蝿が顔の上を飛び回ると、
何と三代以前まで眠り込んでしまった。

十六　月は東の山から

僕はもう子供ではないが、月が東の山から昇ったら、まだ小躍りして喜べるだろうか？

もし僕が小躍りして雀になったら、本物のはにかみ屋の雀はどうすればいいのだろう？

もし僕が地面に降りたときに、西瓜の皮を踏んだなら、皮はどうしたらいいのだろう？

あんなに多くの人が小躍りして、雀がすでにみんな飛び去ったあと、
僕一人あるいは雀一羽が残っていたなら、どんな西瓜の皮を踏むのだろう。

母は僕を見て腑に落ちない様子。「嬉しくないの、おまえ？」

嬉しいけど、月が東の山から昇っても、もう小躍りして喜んだりしないというだけだよと答えた。

もしも小躍りして喜んだときに気が狂ったら、母さん、一体どうするつもり？

契丹族の仮面

契丹の遊民と職人が流れ込んでいったのは契丹の人の海ではない。契丹の太陽、その昇る速度と沈む速度を、我々は推測によって計測できるにすぎないが、充分に把握した振りをしている。

僕がネズミ一匹を選び出して「契丹ネズミ」と命名したら、そいつは僕の部屋に身を寄せた。だが果てしない草原に慣れた契丹の雨粒は、始めからお終いまで僕の脳天に落ちることはなかった。

大きな鋏が、契丹王朝の混乱した命脈を断ち切った（鷹の王朝。駿馬と大角羊の王朝）。もう誰も武器を振り回したことの責任は負わず、契丹の英雄伝説がいついつまでも轟くことを保証するのだった。

ある人は契丹のことを記憶に留めている。かつて十六世紀のヨーロッパ人が「契丹」と「中国」が、それぞれ別の国をさしているのか、それとも一つの国の二つの呼び名なのか、はっきりしなかったという、それだけの理由で。

潘家園骨董市で売りに出された「契丹虎子《オマル》」に骨董収集家は会心の笑みを浮かべた。彼にはオマルがジャージャー質問してくるのが聞こえた。「契丹って誰のこと？」

ある人がたまたま髪型を契丹スタイルにしたところ、無知な人は、イギリスのパンクのようにみょうちきりんだと思い、知者は、イタリアの僧侶のように高遠な姿だと思った。しかし、本当のところは、そのある人がたまたま契丹の幽霊に扮していたのだ。

……しかし、契丹王朝が消滅するのは、琥珀のインド首飾りを垂らした契丹の姫君が、爪を赤く染めた指で、三日月刀を弾き鳴らすことがなくなる、というようなものだ。

彼女の華の顔《かんばせ》は、時間によって骨から引き剥がされたが、引き剥がせなかったのは、歴史博物館内に収められた、華の顔を記憶に留め、またミミズによじ上られた黄金の仮面だ。

契丹では鎚《つち》でおのれを黄金の仮面に仕立てた。あらゆる尊厳は、黄金のうちにのみ打ち立てられたのであり、今はほとんど誰も解読できない契丹書法の上にではない。

歴史的に見れば、それは野蛮なことであり、度胸ある妄動だ。まるで偽の顔の方が本物の顔よりもっと有効に、地下の暗闇や地上の暴風のうなりを制御できるかのようだ。

千万の亡霊はこの仮面を取り巻いてサザーッと一斉に平伏するだろう。もしも、もう二度と存在することのない姫君の許しが出るならば、彼らは代わる代わるこの仮面を付け、蒼穹に認可されたことのない王朝を代わる代わる代表するだろう。

ひとたびこの仮面を付けると、彼らは見えず、聞こえず、その上話もできない。彼らは死後九百年にして天の道理を悟ることになるだろう。

歴史博物館のガラス展示ケースのなかで、この黄金の仮面の値段は急騰中だが、その重さはもしかしたら、ちょうど一キロ半から五十グラムに減ったのかも知れず、減って、華美だが頼りない包装紙になったのかも知れない。

ところが、もしかしたら契丹の亡霊たちは、今ちょうどそこに駆けつけていて、姫君の仮面を奪い去ろうとし、それと同時にかつて存在した契丹王朝を、根本から否定しようとしているかも知れない。

平原

平原を遙か彼方にまでやって来て
足を休める時に第一に願うのは　靴下を洗って干すこと。

*

平原では人類の精神までが平坦だ。
樹木の、直立する精神は　必ず各々異なる精神だ。

*

自ら甘んじて平原を流浪するのは、ちょうど
麦が、自ら甘んじて平原に実るようなものだ。

*

作物が実るときに感動しないのは犯罪であり、
村人がぼんやりする時にぼんやりしないのも、犯罪だ。

*

雌鶏が平原に卵を産めば、
僕は平原に鍋を掛ける。火を焚く。

＊

暗闇には注意深く対応する必要がある。
特に、闇を遙か彼方から伝わってくる犬の吠え声と、鳥の鳴き声には。

＊

五百キロ四方の大雨には、必ず誰かが取り囲まれるけれども、
仕方なく仕事中のテレビは、五千キロ以遠のニュースを流している。

＊

身を翻すといっても、べつに家に帰るという訳ではない。
家に帰るといっても、家がまだ元のところにあるという訳ではない。

＊

自身を死後へ放り出すことは、つまりは凶運を死後へ放り出すことだ。
僕はこのゲームを、自分のために発明したのだ。

＊

僕が蕎麦殻枕の上で頭を動かすと、
蕎麦殻が音を立てるが、それはほとんど聴き取れない、平原の音だ。

＊

平原で平原の夢を見るのは、ありふれた事だが、
平原で孔子の夢を見るのは、孔子が周公（注）の夢を見るのと同様、並大抵のことではない。

注　周公＝周公旦とも言われる。周の文王の子。周王朝の基礎を固め、儒教で聖人の一人とされている。

蚊の記

一万匹の蚊が集結すれば虎になるが、九千に減れば豹になり、八千に減れば駆けることのできない黒オランウータンになる。だが一匹の蚊は一匹の蚊に過ぎない。

血を吸う蚊。つまり母親の蚊は、ヒル、吸血鬼と同類ということになる。さらに、血を吸う官僚、地主、資本家を追加することもできる。仮に、天下の生き物を飲食の習慣によって分類するならば、肉食者と草食者そして吸血者に分けることができる。

歴史のすきまはどこも蚊だらけだった。そいつらは、斬首、車裂きの刑、黄河決壊、子売り、娘売りを目撃し、さらには関与してきた。ところが、二十五史のなかに蚊に言及した記述は一節もない。

今日我々が出くわす蚊は、その祖先を女媧の時代まで遡ることができる。(「女媧、美女なり。」少なくとも『封神演義』にはこの説がある。「女媧生来蚊を好む。」但し『封神演義』にこの説はない。)

だが蚊の寿命は、ほぼ一回の日の出と日の入りとの間、または二回の日の出と日の入りとの間だ。それゆえ一匹の蚊が一生に見つけることのできるのは、平均して四、五人の人間あるいは二、三十匹の豚あるいは一頭の馬だ。これは、蚊がまだ善悪に関する観念を打ち立てていないことを意味している。

誰かが窓を開けず、ドアを開けずに、蚊を恐れたなら、彼は事実上蚊に拘禁されているのだ。やむを得なくて通りの公衆トイレに入って蚊に刺されたその時に、彼は、とても痒いがそれでもどうやら耐えられそうだと気付くのだ。

僕がこの世にやって来た目的の一つは、蚊に刺されるということだ。そいつらはぼくの汚れた皮膚に針を射し込み、僕の影のなかで納涼デートをし、僕の毒を含む呼吸のなかで気を失って死ぬ。

深夜、ベッドに横になり、半ば眠り半ば目が覚めている人が、自分にビンタを喰らわす。反省したのではなく、ブーンという蚊の唸りを聞いたのだ。力を込めれば込めるほど蚊を叩きつぶすチャンスは増えるのだから、またしても唸りが聞こえてくると、彼の自責の念はいよいよ厳しさを増してくる。

そんな蚊は、死後誰に生まれ変わるのだろう?僕の前をブーンと飛び回っている人は、前世はきっと蚊だ。女の子たちが痩せぎすであると、ふつう僕たちは彼女たちのことを「蚊」と呼んだりする。

大自然を保護することは、蚊およびその他(マラリアの神が含まれる)を保護することだ。大自然を保護することは、同時にメントール軟膏製造業を促進することだ。努力して蚊を大自然へ追い返すのだ。だがそれは極めて困難なことだと実際が証明している。

蚊を身に帯びて飛行機に乗り、列車に乗り、異国異郷に赴けば、望郷の思いを強めることができ、大地との一体感を強めることができる。トランクを開けるたびに蚊が飛び出すに違いない。

蚊が落ちたところと落ちなかったところは見ても区別がつかない。ちょうど泥棒に盗まれたところと盗まれなかったところが、見ても区別がつかないのと同じだ。泥棒の行動を細かく観察すると、死んだ蚊が拡大鏡のなかに見て取れる。

悪たれジジイ（注）

悪たれジジイは子供だ。しかも年寄りだ。悪たれジジイは子供がふくれっ面をして年寄りになったのだ。悪たれジジイは手を叩く。疲れた腰を伸ばす。僕らの真ん中へやって来る。東へ行ってちょっと立ってみる。西へ行き、小手をかざして遠くを見る。悪たれジジイは影を通り抜ける。影になる。レンガにつまずいて転ぶ。自分がレンガになれば、他人をつまずかせる。そよ風にぴったりくっつく。そのお下げをひっ捕まえる。そよ風からくしゃみを習い覚える。悪たれジジイが風邪をひくと、木もくしゃみをし、石もくしゃみをする。悪たれジジイは薬屋に入る。くしゃみをしながら薬屋をたたき壊す。大喜びする。悪たれジジイは何もしない。ぼんやりしている。有頂天だ。一切自分のせいだと言って責任をとる。ある者は悪たれジジイのことを気にも留めないが、悪たれジジイはそいつらをひどい目に会わせる。

悪たれジジイは誰かに会うや否や、いきなりからかう。金持ち、貧乏人の区別をしない。労働者、農民、商人、兵士、学生、知識人、あるいは遊び人の区別をしない。悪たれジジイは目を瞠る者だ。痰を吐く者だ。飯を食う時に騒がしい者だ。大便をする時に水を流さない者だ。手を洗わない者だ。

悪たれジジイは大立ち回りを、まさしく大立ち回りを演じる。息を切らして喘ぐ。苛立ってかっとなる。他人を殴り、自分は鼻血を垂らす。悪たれジジイは急に道徳心が生まれる。その道徳は道徳に反しており、彼はそのことを頭でっかちだと感じている。悪たれジジイは病気になった。しばらく休養が必要だ。三八度二分の熱だ。救急車の奇怪な叫び声を聞いた。市民病院に入院した。男性医師、女性医師と親密になった。悪たれジジイは死んだふりをした。病院からこっそり抜け出した。病気は熱風邪でひどくなった。変身して病原菌になった。

悪たれジジイは猫の変化（へんげ）またはハクビシンの変化だ。悪たれジジイは悪たれジジイへと変身する。一人の悪たれジジイが二〇人の悪たれジジイになる。彼は遊びに加わるのが好きだ。悪たれジジイは悪たれジジイと知り合いになることを学ぶ。悪たれジジイと悪たれジジイは糞便のなかで競泳する。悪たれジジイと悪たれジジイは鼻かみ競争をする。彼は地図を読む。広東と内蒙古、山西と河北を見つける。悪たれジジイには八〇〇〇万人の悪たれジジイが必要だ。八〇〇〇万人はそれぞれ各地に赴く。八〇〇〇万人はくしゃみを頼りに互いの連絡をする。八〇〇〇万人の悪たれジジイは逃亡犯みたいだが、逃亡しない二人の大官、逃亡先のない三〇〇〇の小官を捕まえる。悪たれジジイは彼らと一緒になって、熱を出した小鳥と戯れ、色とりどりの鳥糞を踏んで、そろってすってんころりん。

悪たれジジイは移植鏝を手に、草花を掘り去り、蟻や糞虫を掬い去ってゆく。学校を封鎖し、占領する。村を封鎖し、占領する。道に落とし穴を掘る。春が来た。悪たれジジイは燕ではないが、自分のことを春の共謀者だと感じている。彼は春雨の恵みのしずくに濡れる。春雨のしずくは、貪《どん》官汚吏の頭の天辺にも、同様に撒き散らされるが、彼は自分が貪官汚吏の共謀者だとは、一向に気付いていない。悪たれジジイは貪官汚吏と張り合う。彼は蚊の小さな曲芸を見下す。大腸菌の小さな姿を見下す。彼は足がすばやく、腕っ節が強くて、ジャイアントパンダ、レッサーパンダを捕まえる。そいつらは変装した大ツキノワグマ、小ツキノワグマだった。彼はぼんやりと自分の重責を肩に感じている。自分が天に代わって道を行っているのか疑問に思っている。悪たれジジイであるのは偶然の結果なのだ。ところが急に生真面目になった。食がすすまず、寝付きも悪い。元々言動が常軌を逸しているのに、今はいよいよ異常になった。

悪たれジジイは、無為にして治めるという旧い伝統は終わりにしようと決める。もう野次馬根性の厳守はしないと決心する。悪たれジジイは悪たれジジイに言う。誰であっても悪たれジジイと論争すべきだと。そして陳腐な詩を作る。東方テレビ局の客となる。悪たれジジイは主人だ。主役だ。主語だ。自分の述語でもあり、目的語でもある。悪たれジジイは少しばかり神秘的だ。「どんなもんだい。」悪たれジジイは「悪たれジジイ」という自称を認めない。かつて自分が存在したことを認めない。自分の身の上について口を噤むのは、人に手掛かりをつかませないためだ。それで言うことが不明瞭なのだ。言うことの不明瞭は、彼が想像力を発揮するのを妨げるわけではない。悪たれジジイは誰にもダイヤルを回す。彼は電話のなかで声を出さない。どの家の玄関もノックする。

誰かが自分も悪たれジジイだと認識するのを手助けする。夫婦の間、恋人たちの間に割り込む。彼らを押し分けて離し、またくっつける。悪たれジジイは、自分が風説を流す顔付きになったのに気付く。

悪たれジジイは善玉？ それとも悪玉？ 彼は何をするつもりだ？ 一体何をするつもりだ？ 悪たれジジイは自分で自分を誘拐し、身代金を全世界に要求する。自分で自分に毒を盛り、解毒剤を全世界に要求する。彼は自身を全世界へ派遣する使命を負っている。彼は必ず人格者の非難を背にしている。でも彼自身も何が何だか訳が分からない。彼は嬉しい。大きくなる。カラオケをもう一度新しく発明し、掛け算の九九をもう一度新しく発明する。「やった！ やった！」悪たれジジイは気球のようにユラユラする。とても浪漫的に漂っていると感じる。そっと着地する。自分の着地する音を聞く。

悪たれジジイは、生きている人の後をついて行く。生きている人は、歩きながら死人になるが、まだ歩いている。悪たれジジイは死人の後をついて行く。死人たちは身軽になる技が大いに得意で、飛ぶようにすばやい。彼には死人が見える。死人には彼が見えない。彼はついには死人が見える。彼はよう見ようとせず、見ようと思っても、よう見ない。悪たれジジイに髪が生えるのは直立させるためだ。心臓が生じるのはドキドキ高鳴らせるためだ。彼は白のシーツ、白の枕、白の布団カバー、白のマスク、白の正門と白い壁を見る。白い救急車が死人と同じように、飛ぶように速く走るのを見る。彼は以前にも見たことがある。彼は忘れた。ガランとして何もない白を見つけた。見ると頭がクラクラする。彼は白い色の中に黒い点も見つけた。黒い点は拡大し、彼はガランとして何もない黒を見つけた。葬式は良くないと分かっている。

悪たれジジイは、誰かが神仏を拝みに行くのを見かける。誰かが市全体の電球をひねって回るのを見かける。彼は情報を受け取る。ちょうど誰かが、高級幹部の子弟が金を騙し取り、女たらしをするのは本当だ、と見せかけるのと同じに、誰かが、悪たれジジイがレストランで、ただ食い、ただ飲みするのが本当のように見せかけている情報。悪たれジジイは自分よりもっと悪い人間に出くわす。心を奮い立たせる。金儲けのチャンスを見つける。だが彼は金を稼いでも、使うところがない。スーパーでパンとラーメンを万引きする。自分についての連続テレビドラマをでっち上げる。慌てふためく人間たちに賞状を授与する。若い娘たちに宛てて恋文をしたためる。ところがたちまち面倒くさくなった。悪たれジジイは、大勢の人間が、サングラスを掛けて、彼のことが見えない振りをしているのを発見する。彼は嬉しくない。サングラスを適当にあしらう。一つ見つければそれをつまみ上げ、サングラスの人間が二人いれば、眼差しで愛憎を表現するよう二人に要求する。

誰もが悪たれジジイを恐れている。人々は銀行で、レストランで、駅で、歌舞ホールで、互いに相手が悪たれジジイかどうか探り合う。人々は訳が分からず、一七〇万人がものすごい勢いで市中を逃れ、八五万個のひっそり閑とした部屋が残った。だが、それ以上の人々が自分から鍵を掛けて閉じ籠もり、大きな息は吐こうとせず、大袈裟な話はしようとしない。悪たれジジイは自分の威力を目の当たりにする。彼はこのことを大変誇りに思うが、同時に腑に落ちない気持ちもある。彼は心に「わしは何者なのだ」と思う。人っ子一人いない街角で、ぼんやりしている。悪たれジジイは歌い、顔中に自分の涙が流れるほどに歌う。文学青年のように、自分で自分に感動する。ひどく苦しみ、自分で自分を裏切ろうとする。自分を裏切る。すでに自分を裏切っている自分を裏切る。

悪たれジジイは、人を殺しても全然血痕を残さない、というような陰険悪辣なやり方をするわけではない。彼は先頭に立ってニンニクを食べ、風邪薬の板藍根を飲む。先頭を切ってカミュの『ペスト』とマルクスの『コレラ期の愛情』を読む。知識人のために悪たれジジイの形而上学と悪たれジジイの隠喩を発明する。彼は、自分があんまり安直な話題に変えられるのに反対だ。人々に呼びかける。「外へ出るな!」彼は、閉じ込められた人々が反転攻勢して、悪たれジジイが罪人だと導き出すように啓発する。人を悩ませて、自分は一人だと肝に銘じさせる。人の目を生活の外に向けさせる。悪たれジジイは元々目的を持っていないが、現在は自分の目的がすでに達せられたと感じている。彼は行かなければならない。だが行きたがらない。快刀乱麻を断つ、を好む。だが粘っこくもある。

悪たれジジイは声を出さない。彼は口実を丸呑みにする。壁に大書する。「悪たれジジイを即刻殲滅せよ!」とうとう全市の人間が残らず出動して、全市が彼を捜し回り、全市が彼を逮捕しようとする。彼は逃げ込むところがない。とうとう取り押さえられる。ガラス瓶に詰め込まれ、ラベルを貼り付けられる。悪たれジジイA、悪たれジジイB、悪たれジジイC。悪たれジジイは裁判にかけられる。道義上の罪はないが、道義を押し付けられるという罪がある。暗室に閉じ込められる。暗室の中で顔を鏡に映す。見ると鏡の中は黒以外何もない。少し恐い。その時が来れば悪たれジジイは銃殺される。だが彼は撃たれても死なない。また立ち上がる。大きくもなり、小さくもなる。彼は面倒になる。自分の首をつねる。髪をつかんで引っ張る。髪が多すぎてつかみきれない。残らずつかむと髪はまた伸びる。

悪たれジジイはひとしきり騒ぎ立てる。彼は鳩小屋に入り込む。下水道にもぐり込む。ほかの悪たれジジイには出会わなかった。彼は自分のちっぽけな地盤に戻る。突然、世界には自分しか残っていないことに気付く。静寂が耳をふさぐ。見ると、火曜の夜は月曜の夜よりいっそう暗い。悪たれジジイはどの雲にも悪たれジジイが坐っているのを発見する。はたと思い付く。疫病を内包する青空は、内包しない青空より一層青い。彼は痰壷、鼻水、涙、あせもが気に入った。彼は考えを持つようになった。いかにももっともらしくなった。彼は東の山は再起すると思う。だがここしばらく彼は飲まず食わずだ。顔色が悪く痩せ細っている。悪たれジジイがひとたび大きく溜息をつけば、高層ビルは息とともに倒壊する。一声大笑いすれば、小鳥は肝をつぶす。来た！　また来たぞ！

注「悪たれジジイ」（原文「小老儿」）西川自注（訳者の問いに答えたもの）を次に紹介する。

「実を言えば具体的な誰かのことを書いた詩ではありません。これは寓話詩で、インスピレーションは数年前にＳＡＲＳウィルスが中国を席巻した事件から来ています。私はその災難を直接に記録しようとは思わなくて、そのウィルスを一人の「悪たれジジイ」に形を変えました。「悪たれジジイ」はもともと中国の古代社会における、渡世人気質の年寄りの自称で、私はそれを年寄りでもあり子供でもある人物へと変えたのです。彼は居丈高な様でやって来ますが、同時にまたいかにも滑稽に見え、同時にまたちょっと感傷的なのです。それはまさしく、その年の人々のＳＡＲＳウィルスに対する反応なのでした。それは滑稽史ですが、そこには多くの社会問題が浮かび上がってきます。」

詩集『個人好悪』（二〇〇八年）より

皮膚頌

枕の皺が皮膚を押す。皮膚には小虫の小さな爪の傷痕が残っている。吸い吹皮《ふいご》が皮膚の下から血を少し抜き出す。毒ある血だ。

皮膚。僕のひっそりした表層。残虐な刑は受けたことのない僕の皮膚が、残虐な刑を幻想しながら歴史に入ってゆくと、ひっそりした作物が生えてくる。少しも歴史を感じさせない僕の産毛。

皮膚には山水が描かれる。皮膚には地図が突き刺さる。ナチスによる人皮の電気スタンド笠。チョーサーの時代のイングランドでは書籍の表紙おもてを、少女の乳房の皮膚を用いて装丁した。

ソファは牛皮を以てその皮膚とする。死んだ動物の霊魂は備えていないが、僕は、牛皮のソファから立ち上がるたび、いつも聞こえる鳴き声に、全く我慢がならない。

彼女の皮膚は花びらに出会った。楊貴妃。彼女の皮膚は氷に出会った。王昭君。出会うことの永遠に叶わない、それらの皮膚。僕は言葉にしてみるだけ。

だが、血管が紛れ込んでいる僕の皮膚。そのことに注目すると、夏に涼しく清々しい、あなたの皮膚が見える。だが、やっぱりあなたの骨を見たいと思う。

恥知らずの骨は、上品で清らかな皮膚に紛れ込む。どんな皮膚に出会えば、皮膚は骨のように、瞬く間に恥知らずになっているのだろう?頬だけが気まずさとバツの悪さを理解できる。

虫眼鏡の下にある皮膚の肌。姿見のなかにある皮膚の薄暗さ。あばた、あざ、いぼ、鳥肌。皮膚は、運命を読解できる人に、運命を表現してあげるだけだ。

僕の皮膚は病や楽しみ、そして仄暗さを背負い込んでいる。仄暗さは灯りでは明るくならない。

七つの永遠の孔。一時的な傷口。痛い皮膚。隠されてしまう皮膚。内側に生じる皮膚。神経の末端が失われてゆく皮膚。死人の皮膚。

幽霊は皮膚がなくても、あちこち歩き回るという。

宇宙人は皮膚を用いて考えるという。

君は皮膚によって僕と親密になる。または、僕が皮膚によって君の震えを感受する。君は僕の皮膚をはがして、狼や羊の身体にまとわせたいと思うだろうか？　はっきりとは言えない。

歴史鑑《かがみ》十四章

一　商代青銅の矛《ほこ》

矛は、まるで優雅な木の葉のようだ。商代青銅の矛は、もしかしたら、商代青銅の矛ではないのかも知れない。商代に属していないとすれば、青銅で鋳造したものではない。もしかしたら、商の紂王、あの暴君、ろくでなし、狐が化けた女に現を抜かして人の上に立ったあいつが、兵士の隊列に偶然にこの青銅の矛を一瞥したのかも知れず、もしかしたら、一瞥していないのかも知れない。もしかしたら、人を殺したどころか何人も殺しているのかもしれない、青銅の矛。もしかしたら、人殺しはしていなくて、国家儀式の儀仗に服務しただけかも知れない青銅の矛。矛は、それと組み合わせの山河、制度、戦場、鬨の声、製錬技術、審美趣味を内包している。矛は鋳造されたものだ。誰のデザインだろう？　誰が鋳造製造の責任者だろう？　誰が型に流し込んだ責任者だろう？　夏に鋳造されたのだろうか、それとも秋だろうか？　その氷の冷たさは夕暮れの空気と同じもの、それとも明け方の空気と同じだろうか？　誰の手元に割り振られたのだろう？　矛を手にした者が誰の祖先であろうとも、彼は僕の祖先になると思う。矛はあたかも優雅な木の葉のようだった。薄っぺらな金属は、周王朝の素朴な風に持ち去られてしまいそうだった。三千年近く地中に埋もれていた。三千年のうちには多数の詩歌が生まれ、多数の出会いと別れが生まれたが、その矛は、数え切れない死との関わりはついに持たなかった！　それが再び空気、陽光、それに風と出会った時、一瞬軟らかくなってしまい、まるで眩暈のためにそうなったみたいだ。泥で作った物のようになったのだ。そうして再び硬くなり、この世のものに戻った。まるで、それが本当にこの世の物になるためには、泥の木の葉からもう一度硬くなって、青銅の木の葉に戻るしかなかったかのようだ。しかも、木の葉の影のように、この世では取るに足りないものだというかのようだ。

二　臨書『荘子・庚桑楚篇』第二節

老子には庚桑楚という名の弟子がいた。庚桑楚には南容怵《じゅつ》という名の弟子がいた。

南容怵は庚桑楚に質問をした。精神世界について、養生について。

庚桑楚は答えたが、南容怵には分からなかった。何人かの老人が匙を投げた。

庚桑楚は弟子を老子の所へ質問に行かせた。南容怵はすぐ七日分の乾飯を持って旅に出た。ちょうど七日分の乾飯を食べ終わり、ちょうど七日分の旅程を歩き終えた。

南容怵は老子の顔を見るや否や質問した。「如何にして本性に返るのですか？」

老子は彼に問い返した。「おまえはどうして、そんなに大勢を引き連れて来たのだ？」

南容怵は困惑して振り返って見ると、入り口は開け広げられているが、他に人はいない。

老子はまた質問した。「おまえはどうして、そんなに大勢を引き連れて来たのだ？」

南容怵はポカンとし、たちまち汗を垂らして、冷たい風が吹いたのを感じた。

宿に帰って、夜中過ぎまでずっとポカンとしていたが、果たして部屋に大勢の人が集まっているのが見えた。

三番目の伯父、八番目の叔母、お隣さん、上司、彼が密かに慕っている人、彼が軽蔑している人……。

南容忼は大いに驚いて、穏やかにまた強硬に、あらゆる方法で彼らを家に帰らせ、面会のぶちこわしをやめさせた。

翌日、再び老子に見え、南容忼は精根尽き果てた。

老子は肩の凝らない話題を取り上げて話した。年上の老人が話し、年下の老人が記憶した。

南容忼は理解したのか、それとも理解しなかったのか。もう問うことはしなかった。

三　狂人李斯*

廷尉李斯は嫉妬から、韓から秦へやって来た同輩の韓非*を毒殺した。この事件は秦の都咸陽の大通り、横町を喧しく伝わった。ところが、手を下した翌日にもう李斯は後悔し、彼が韓非に手を下すのを黙認した秦王も後悔した。自分よりも優れた人間を妬むという己の悪名を洗い落とすために、また、大御所の韓非といえども、見《まみ》えることの不可能な、取り換えの利かない天才というわけではないことを証明するために、李斯は、自分の方が韓非よりも少しは道義が高いことを示さなければならなかった。そして、韓非のように文章を書き、なおかつその所論がいよいよ幅広くいよいよ味わい深く、愚者の見方にも等しくなるようにしなければならなかった。李斯唯一の出口は永遠に輝き続ける仕事に頼ることだった。李斯は、韓非を越えるという野望を抱いて、秦王のため、つまり後の始皇帝のために、郡県制による国家体制を企図し、文化政策である「書は統一文字」、経済政策である「車は同一幅の轍」を策定した。秦王は六国を平定し、今や天下をしっかり我がものにした。だがこの業績に対しても、依然として充分な自信を持てないでいた。秦王が天子の位について始皇帝となった夜、本を正せば楚国上蔡の平民だった李斯の心を、狂気じみた考えが砲撃した。大地、覇業そして永遠に対する彼の考え方を後世に向けて表明し、寓話のショートストーリーしか書けなかった同輩の韓非のことが、人々からすっかり忘却されるようにしなければならなかった。

彼は廷尉として、秦王陵墓の設計責任者の任に当たったが、最終形をどうするかについては、終始霊感が欠乏していた。そんななかで彼は思い付いたのだった。宇宙の模型をそっくり、地下水の層よりもさらに深い地下に埋め込もうとした。その地下宇宙に、土盛りをして中国五岳を造り、しかも水銀を流し込んで河や海とし、金の雉を浮かべた。銅を鋳型に流し込んで造った墓室丸天井の象嵌に、大秦帝国の半分の宝石真珠を使い、億万の星々を象徴しようとした。その下に咸陽を再現し、一つの宮殿楼閣も欠かすことなく、始皇帝の冥土の遊覧に供しようとした。皇帝に道路がはっきり見えるように、墓室のどの隅にも、鯨油使用の常夜灯を設置しようとした（残念ながら、空気の有無は気にしていない）。さらに陵墓の周りに大規模な軍隊を埋めようとした。その陶製人形の大軍の人員車馬は、当然のごとく、実物・実在の人物に基づいて実寸大で作成されなければならなかった……。この考えが閃いて大秦帝国廷尉の李斯は、一夜にして狂人の心に変わった。過去三十年間、彼は既に賦役、囚人六十二万人を、穴を掘り陵墓を建設するために流用していた。それは始皇帝のため。現在、彼はさらに次なる十万人の流用が必要なのだが、それはむしろ彼自身の狂想を完成するためだ。陵墓に入って暮らそうとする始皇帝と、陵墓本体との照応はもはや重要ではない。死を乗り越えた始皇帝の陵墓は、李斯の宇宙、李斯の作品となる。それは後世の人々に遺され、内側の盛況について推測させることになる。それゆえ、彼はもう咸陽のことは意に介しなくなるだろう。また、広大な大地の庶民のこと、歴史学者が、韓非を殺害したという些細な出来事を、どのように評価するかは眼中になくなるだろう。一つの宇宙を前に、韓非の死は屁なのだ。

注　李斯＝荀子に学ぶ。呂不韋の食客となり、秦王（始皇帝）の天下統一後、丞相となる。韓非の唱えた法治主義を実践して、焚書抗儒、文字の統一、郡県制などの専制国家政策を強行したが、讒せられて刑死。
韓非＝戦国時代の韓の公子。法家の大成者。荀子に学び、しばしば韓王を諌めるも容れられず『韓非子』を著し、後に秦に使いしたが、李斯にねたまれ投獄され、毒を与えられて自殺。その後、秦は天下統一を果たす。

四　文字を書く人

八十枚の木簡。水中に浸かって、それぞれ長さ二十七、五センチほど、幅一センチ、厚さ二ミリ。画仙紙で水を吸い取ってから陰干し。七日という時間によって二千年を跨ぎ越え、二十三センチほどに縮んだ。その集合体の縮小の過程は人の心を揺さぶった。真っ平らな木簡から急速に縮んで、漢方薬店に置いてある茎の様相を呈しつつ、老人たちのこれからであるかのように繋げられていた。木簡上の、篆書から隷書への中間に位置する文字は、いよいよ判読が困難だったが、それらが表現しているものは、天下、国家、戦争に関連しており、聖賢の思想と少しも変わらないものだった。その無署名の筆記者は、筆使いが司馬遷、司馬相如とほぼ同じだった。時代精神というものは、二千年を隔ててやっとその偉大さに気付くことができるものでなければならない。筆記者はきっと遠くに司馬遷や司馬相如をちらっと見かけたことすらあるのだ。彼は毛筆に墨をさっと付けては一画一画几帳面に仕事をし、誤字一つの出るのも許さなかった。曽子の格言に書き及んだときは、どんなに愉快だったことか。自分が書き写した思想が、必ずや世の諸流派に重用されるものとほとんど確信していた。彼はそれらの思想を守り、それらの思想を伝えたのだ。意識してあるいは無意識のうちに幾つかの文字を変更し、意識してあるいは無意識のうちに他人の考え方の中に自分の息づかいを残しておいた。書き写す謙虚な人から、意識することなく高遠な作者の傍らにいる、ちっぽけな筆記者に変わった。風に逆らって上がった思想の凧を、蟻が引っ張っているようなものだった。陽の光が文机に降り注ぎ、通りを行く履き物売りの声が聞こえたが、彼は思想と付き合う人間だった。木簡に文字を書いたが、当時はまだ紙と印刷術は発明されていなかったので、彼の書き上げたものが「唯一」の書物であり、そのようにして書き上げられた一冊一冊が「唯一」の書物なのだった。だが後になると、別人がその書物をいきなり、潜りの世界に持ち込んだのだった。その書物が転変展開してできあがった思想、その書物から原型が崩れていった思想が、ついには世界を造りかえたのだが、その「唯一」の書物の方は、かのごとく長たらしい時間の遙か彼方にあり、探し当てられるということはない。たとえ現在、それが再び日の目を見ることがあったとしても、それは原形を失っていて、既に世界に採用されている思想に向かって、その源を糾しにゆくのは不可能だ。それは偽書というような形で文明の現場に復帰してくる。文字を書く人は存在しなかったかのように見える。彼は大地の土ぼこりだったのであり、かつて限られた範囲で文明を伝播したということだった。

五　考古従事者

彼らは、陵墓の地下道を多量の土で埋め
私と同僚たちは、すぐさま多量の土を掘り出し
彼らが最後のレンガで地下道を封鎖したら
私は、さっそくレンガを退かす――退かし違えるかも知れない。
私は、もう一度彼らの仕事をするが、全く逆の順序だ。
彼らは一から十まで数えるが、私は逆に十から一まで数える。
北斗七星は今も七個、形が少し変わっているだけだ。
今夜の雨は、酸性物質が漢朝の雨より少し増えただけだ。
私は、陶器、漆器、青銅器、玉片金糸綴りの着衣に触れた――
彼らが死人に玉片金糸綴りの衣服を着せたら

私は、さっそく玉片金糸綴りの着衣を脱がすが、すべて手探りだ。
私の記憶は、同時代人の記憶より遥かに多い。
だからといって、人と違うところが実に多いことにはならないが
確かに私は、他人よりも死と文明に関する秘密を、多少は多く知っている。

六　アニメの中の匈奴人

モンゴル人は匈奴人の後裔を自認している。モンゴル語で「匈」（フン）は「人類」を意味し、「奴」（ヌ）は「太陽」を意味している。二つの文字を一語に合成して、「匈奴」（フン＋ヌ）としたが、これは「太陽の民」を意味している（幾らか「神の民」の響きがある）。このことはアメリカの人類学者ジャック・ウェザーフォード著『ジンギスカンと現代世界の形成』*に見える。

もし「匈奴」が、匈奴人としての自称ならば、匈奴は気宇広大な民族だ。彼らは漢王朝の牛羊、婦女の略奪、または太陽の名にかかわる行動をした。もし衛青*、霍去病《かくきょへい》が、自分たちの追い払った者たちが「太陽の民」だと知ったならば、二人はあるいはギリシャ式の悲しみ優しさを抱いて、匈奴族を大砂漠の縁へ追いやるだけで止めたかも知れない。

「太陽の民」には留まる場所がなかった。彼らについての記載は他民族の歴史書にある。歌った歌

の節は一体どんなものだったのか？一体どんな具合に酔っぱらったのか？彼らが手にする刀、跨ぐ馬、彼らの黄金の鎧甲、八の字ヒゲ、どれもアニメに一番の題材であり、誇張と変形を許すことになった。

「太陽の民」は漢の武帝の軍隊によって道々追い討ちをかけられ、悲痛な気持ちで西へ敗走し、万里の黄土を横断し、荒れ果てた山々を越えたという。彼らの逃走は、より弱小な別の民族を追い立てることになった。それらは彼らがやって来る前に一目散に逃げてしまった。ちょうど、アニメ『ジャングル大帝』で、パニック状態で走る動物の群の前には、騒ぎ立て煽り立てるように飛ぶ鳥たちが必ずいるようなものだ。

匈奴の西遷は、この地球上最大規模の人数を率いた民族移動だったと言われる。匈奴の王アッチラは、一つのルートでは総崩れになったが、別の一つでは勝利を得、「太陽の民」のうちで最も名の知れた人となった。彼はアニメの中の、尻尾に火がついた野牛のように、荒々しくぶつかっていって、西ローマ帝国の、大理石の宮殿と文明の隆盛を倒壊させた。

西ローマ帝国が「文明」だったからには、「太陽の民」は、つまり「野蛮」だった。だが彼らのうち、きっと誰かが「匈」——つまり「人類」——の運命について考えただろう。ただし「人類」はついに「匈」へは変化せず、かえって「匈奴」が刀、矢を受けて次から次へと倒れていった。そうしてから、再び立ち上がって「人類」へと変わったのだ。

注 『ジンギスカンと現代世界の形成』＝邦訳に『パックス・モンゴリカ』、副題――チンギス・ハンがつくった世界――（ＮＨＫ出版）がある。著者は一九四七年生まれ、ミネソタ州マケレスター大学教授。衛青＝？～前一〇六年。前漢の武帝に仕えた将軍。甥の霍去病とともに、西方・北方の匈奴を撃退。

七 劉義慶*『幽明録』読後感

六朝時代（紀元二六五年～五八八年）、幽霊の数が人口を超えた。人は夜の間に、夢に幽霊を見て、昼間は幽霊に出会った。幽霊は朝を避けることはなかった。ちょうど鼠が人をものともしないようなものだ。六朝人の生活は奇異不可解で、幽霊までもが産毛、脇毛そして陰毛が生えていた。幽霊と人は食事を奪い合った。幽霊間には殴り合いの喧嘩があった。

六朝の幽霊には学問があり、人と『五経』を論ずることができ、無神論者とも幽霊の有無について議論することができた。

六朝の幽霊は神通力が大で、どの皇帝についても、いつ生まれ、いつ死に、いつ天下大乱が起こるか分かった。

六朝の男は幽霊の力を借りて、まず神仙の土地に遊び、次に閻魔の裁判所に遊んだ。戻ってきて小説を書いた。

六朝の男は女にもてた。ただし、その艶福も幽霊に与えられたものだった。女幽霊たちが墓の中で宴会を開き、そのたびに誰かが自らすすんで罠に引っかかりにきたのだった。

六朝の女幽霊は正体がばれた時には、白鷺か白鳥になったが、要するに共通の文字「白」になったのだった。

六朝の白鳥は心根が善良だった。人を数キロ追いかけ追いつき、その人のなくした靴を手渡した。

だが、六朝の虎は誰よりも創意工夫した。男が小便しているのに乗じて、彼の陰茎に噛みついた。

六朝人は言った。我々のこの時代は、動物が人に変わるというのは日常茶飯のようなものだと。なのに、あの憂鬱なカフカは世間知らずで、人を動物に変えたというのは――きっと捻じ曲げて書いたのだ、きっと書き間違えたのだと。

注　劉義慶＝四〇三年～四四四年。南北朝時代、宋の人。長沙景王の第二子。文学者を招いて、知識人のエピソード集『世説新語』や志怪小説集『幽明録』を編纂。

八　唐代にはないもの

現代的産物はすべて除外するとして、唐代にはないものを、ちょっと数えてみよう。唐代にこれはなかった。唐代にあれはなかった。うん、唐代に思想家はいなかった！唐代には皇帝がいた美女がいた宮殿があった軍隊があった役人がいた、天文学者がいた月があった雲があった歌手がいた舞姫がいた詩人がいた女郎がいた戦乱があった野良犬がいた荒野があった氷雪があった、貧乏人がいた目に一丁字もない者がいた科挙（高級官吏登用試験）があった閨閥があった……。しかし唐代に思想家はいなかった。——どういうことだろう？思想家がいなかったから唐代はお手本通りのきらびやかさだった。思想家がいなかったから唐代の誰もが気を遣わなくてすんだ。唐代の皇帝はいよいよ気を遣わなくてすんだ。遊ぼう。唐代は遊んで大唐を生み出し、詩人は遊んで大詩を生み出した（詩人は中唐以降になってやっと眉根に皺をよせた）。唐代は余りにも多くの詩人が輩出したので、唐代以前はまるで詩人が登場しなかったかのようだ！唐代の人間は、詩人が思想家の代わりをしてよいと考えたわけではないけれども、唐代はたしかに思想家が出なかった。後の世代の、唐代回帰を夢想する人よ、君たちに警告する。必ずしっかり思想準備をするべきだ。思想家のいない第二の唐代をつくり出すか、または唐代とは違う何かの王朝をつくり出すか。

唐代には思想家がいなかった！このことは頭の回転の速い韓愈*の見識のうちに見える。彼は焦った。聖道（儒教）伝達人を自称した。それなのに韓愈を嫉妬する人はいなかった。というのも、唐代の人間は、思想家の肩書きを手にすれば何か良いことがあるとは、実際に感じてはいなかったのだ。あいつは騒げばいいさ。大脳を進化させればいいさ。俺たちは俺たちの下半身を進化させなければならんのさ！だが韓愈は真面目だった。韓愈は推測した。もしかしたら、造物主というものがいるのではなかろうか。さもなければ、どうして山水が、このようにピッタリのところに、雄壮な論理を表現することができるだろう。韓愈は推測した。虫は林檎が腐ってはじめて成長する。だからきっと人は、陰陽の秩序が崩れた大地から這い上がってきたのだろうか。この奇天烈な議論を聞いて冷笑しない者はいなかった。あいつは騒げばいいさ。騒げばいいさ。韓愈は仏骨（仏舎利）を迎えるのに反対するという騒ぎまで起こし、長安を離れざるを得なくなった。彼が大河のほとりまでやって来ると、十四の鰐が彼の愚かしさを笑った。彼は怒りに駆られて河のほとりに告示を張り出した。「お前たち鰐は十日のうちに家族を連れて海へ去れ。命令に従わなければ切り捨て御免である！」鰐たちはワーッと声を上げて四方へ逃げ去り、彼は幾らかすっきりした様子だった。

注　韓愈＝七六八年〜八二四年。中唐の詩人。唐宋八大家の一人。古文（先秦・漢代の文章）復興運動の中心人物。仏教・道教を排撃し、儒教の復興を主張。憲宗に「仏骨を論ずる表」を奉り、潮州に左遷。その地で「鰐魚《がく》（ワニ）を祭る文（弔辞）」を書く。

九　南詔国梵語入り煉瓦――無名のベトナム詩人に倣って

大理の古都。玉洱通りの骨董店。そこに陳列された南詔国晩期の青煉瓦。青煉瓦の十一行の梵語文。その型を用いて十一行の梵語文を押し出した手。その青煉瓦を仏塔の土台に積み重ねていった手。その十一行の梵語文が読めた南詔国晩期の高僧。梵語文をインドからネパールを経て南詔国に伝えた一人または数人。仏教徒。悟りを開いた仏教徒または死の直前になっても未だ悟りを開いていない仏教徒。そうして悟りを開くということには興味のない放蕩者。小乗仏教は遭遇し、大乗仏教は遭遇しなかった難題。南詔国皇帝は味わい、大唐皇帝が知るところとは思われなかった苦痛。南詔国滅亡の黄昏。仏塔を押し倒した暴徒。驚愕する群衆。西暦紀元九〇二年、その時から現在まで、無数の「僕」が、十一行のその梵語文を押し出した青煉瓦を探してきた。大理の古都。玉洱通りのその骨董店で、僕は風邪をひいて鼻水を垂らし垂らし、ガラスケースから青煉瓦を取り出し、両手で大切に持ち、最後には店員に八百元から四百三十元に大負けさせた。もし僕が手を放したら、床に落ちて粉々に壊れたことだろう。ただしこの考えは瞬間的に抱いただけだ。その時、他にその場にいたのは、詩人宋琳*と、骨董店に偶然飛び込んできた小鳥だけだった。

注　宋琳＝一九五九年〜。福建省厦門生まれ。

十　王希孟*の深緑山水巻物『千里江山図』に寄せて

緑色と青色が寄り合い、ひっそりとした山となっている。そこを誰かが歩いているが、依然としてひっそりした山。ちょうど、歩いている人に顔がなくても依然として人であるのと同じだ。いかなる人も、この小さな人影に自分を見出して、この世の本当の山水のようだなどと思ってはならない。王希孟その人から、適当にお茶を濁すような称賛を得られると思ってはならない。彼はこの画面の小さな人影の人物を知ってはいても、彼自身である人物は一人もいないのだ。それら小さな人物は彼自身ではないし、一人として名前を言える人物はいない。小さな人影たちは山を我がものにし、川を我がものにし、それはちょうど、山がトルコ石と天青石（注）を我がものにし、川が渺々たるさまと船とを我がものにするかのようだ。ちょうど、北宋の徽宗*が十八才の王希孟を我がものにするかのようだ。ただし、『千里江山図』を描き終えた後、しばらくして世を去るとは知らなかった。

山水は無名だ。王希孟は明瞭に自覚していた。無名の人物はますます山水の飾りにすぎず、ちょうど飛ぶ鳥がはっきり自覚しているように、自分は人類の遊戯の中にいてもよく、いなくてもよいということを。鳥は空中で出会う。それと同時に、山中を歩く人は、それぞれにそれぞれの行き先があり、それぞれの心積もりがある。画面の小さな人物たちは白衣を着ていて、歩き、ぼんやり座り、漁をし、荷を運び、周りは緑色と青色、まるでもの狂いの人たちが黒衣を着て、宴会、音楽会そして葬式の場に現れて、あたりが金ぴかになったかのようだ。白衣の小さな人物たちは、まだ生まれていないのではなく、当然のことまだ死んでいるのでもなく、汚染と侵略を免れた王希孟の山水ユートピアは、こまごまとした品定めなどには耐えられるといった風だ。足枷から遠く離れた人は、自由に対する憧れを話題にすることはなく、まだ打ちひしがれた経験のない人は、忘れるということを話題にはしない。王希孟は捕り尽くせない魚を漁師に与え、尽きることのない水を山の窪地に流した。彼の考えによれば、幸福の度合いをうまく言い表しているのは、結局ほどよい財産ということであり、それが人々に、山水の間にひっそりと橋を架けさせ、水車を架けさせ、道を補修させ、住まいを建てさせ、そうしてひっそりと住まわせるのだ。ちょうど、樹木が当を得て山や水辺に生長し、あるいは村落を取り囲み、人を取り囲んでいるように。樹木は遠景の中で花のようだ。それがひらひら揺られるのは、涼風が爽やかさを送るときだ。涼風が爽やかさを送るのは誰かが歌うときだ。誰かが歌うのは、ひっそりした山がひっそりするときだ。

注　王希孟＝一〇九六年〜（一説に一一一九年）。北宋、夭折の天才画家。「千里江山図」は世に伝わる唯一の作品。北京の故宮博物館に収蔵。

トルコ石と天青石＝前者は深い藍、藍、藍緑、緑などの色を持つ。後者は不透明な、深い藍、あるいは浅い藍の色をしている。

徽宗＝一〇八二年〜一一三五年。北宋第八代皇帝。詩・書・画をよくし、画院を設けて多くの画家を養成したが、農民反乱、金軍の南下により譲位、後に「靖康の変」で金軍の捕虜となり、異郷に没す。

十一　ワンヤン・アクダの騎馬銅像に寄せる

ワンヤン・アクダは金国の領袖。宋王朝の不倶戴天の敵だ。古代ローマの将軍風に作られたのは、

ワンヤン・アクダ像をどのように作るべきか、彫刻家には分かっていなかったからだ。

断言してもよい。ワンヤン・アクダはきっと人並み外れた才知に恵まれていたはずだ。もしかしたら雄々しい顔立ちだったかも知れない。

さもなければ、彼が長白山から黒竜江まで、英雄として中国の北方に覇を唱える機会には恵まれなかっただろう。

この像を見ると、ワンヤン・アクダは彫刻家の手によって、意外にも九尺の身長にされている。

僕が思うに、これは宋王朝の犬にはとても想像できないことだった。

ワンヤン・アクダの手綱を握るその手、筆を握ることのない手は、意外にも大きくて涼しげだ。

僕が思うに、これは宋王朝の蝿にはとても想像できないことだった。

ワンヤン・アクダは、彼と一蓮托生の駿馬に騎っている。

僕が思うに、これは宋王朝の駿馬あるいは岳飛元帥の駿馬にはとても想像できないことだった。ワンヤン・アクダの周りは、三尺の深さの雪をたっぷり降らせるほどに広々としている。

僕が思うに、宋王朝に舞い散る雪にはとても想像できないことだった。ワンヤン・アクダの名声は、彼の子孫や民族の間に伝えられ広まった。

僕が思うに、これは宋王朝の教養豊かな民にはとても想像できないことだった。

十二　鷹、白鳥そして真珠

大遼国皇帝は真珠をこよなく愛し、このために彼の部下は、そのときまだ国を建てていなかった北方の大金の土地に何度も攻め入った。大金は真珠を豊富に産するわけではなかったが、かの地に棲息し飛翔している、狩り用の鷹が、大遼国軍人たちの垂涎の的だったのだ。大遼国軍人たちは何度も大金の鷹を家に持ち帰り、ついでに大金の女も持ち帰った。彼らは、女は自分の部屋に閉じ込め、鷹の方は白鳥を捕らえに行かせた。彼らは基本的な生産知識は身に付けていたのだ。白鳥に、彼らの部屋にいる女よりももっと優美な姿が備わっていることは意に介せず、白鳥がカラス貝の肉の美味に執着することに着目していた。好都合なことに、白鳥たちはカラス貝だけを巧みにむさぼり取り込み、そのなかの真珠は腹のなかに残した――ときには糞といっしょに体外に排泄することもあったが。大遼国の軍人たちは空に向けて鷹を放ち、鷹が渤海の浜辺から白鳥を捕らえて帰るのを待ち、そうして白鳥を殺して腹のなかの真珠を取り出した。白鳥は大遼国にたっぷりいて、それまで何羽か白鳥を殺して感傷的になった者は誰一人いなかった。彼らは中くらいの真珠を手元に残しておいて自分の女に持っていってやり、小粒の真珠は小山にしておいて、南方で道楽にうつつを抜かす宋朝の金持ち人間との商売に用いた。彼らは大粒の真珠を皇帝に献上するのを通例とした。さもなければ、彼らが白鳥の腹を割くのと同様に、皇帝が彼らの頭を割ることになるのだ。皇帝は真珠を愛玩し、愛玩すればするほど、道楽にうつつを抜かす宋王朝の人間のようになった。つまり大遼国を愛玩して滅亡させた。大金国が北辺に勃興し、大金国が鷹を贈ることはもうなくなった。同時に自分の女を奪い去るようなまねもさせなかった。もう鷹を贈るのは御免だと、大金国は大遼国を滅ぼした。

十三　ヤルカンドの彫刻入りの梁

十二世紀のヤルカンド旧市街。

十六世紀のアマンニシャ汗の陵墓。

陵墓の片側は二十一世紀の民家の廃墟。

廃墟の一区画に十七世紀ヤルカンドの彫刻入りの梁。

ヤルカンド、ハマスゲのように爽やかな名前、新疆は南新疆、中国西北部、飛行機は着陸できず、汽車は停車の場所もなく、ロバ車、馬車、車だけがたどり着ける。

ヤルカンド汗国のヤルカンドにはアマンニシャ汗の陵墓が残っているだけだ。陵墓の傍らの民家は、自分が跡形もなくなるということは、やっぱり真実何にも残らないことになるのだと恐れている。

ちょうど誰かがロバに車を引かせて煉瓦と瓦を運んでいる。広場か、市場か、間もなく廃墟の上に敷き広げられるか積み上げられるかするだろう。

広場なら、誰かが全身汗びっしょりになってマスゲームを踊ることになるだろう。市場なら、誰かが十円二十円のために全身全霊をかたむけるだろう。ただし完璧な平静を装いながら。

帰ると私は水道水で注意深く、その一切れのヤルカンド彫刻入り梁を洗った。

幻聴があった。十七世紀にイスラム聖職者が祈る声、鍛冶屋が鉄を打つ音、娘が歌う声、ロバの鳴く声。

彫刻入り梁の下の生活は中断した。木に彫刻して暮らしを立てていた人は、自分の腕前を放棄した。

ヤルカンド人であるかどうかに関わりなく、押し合いへし合いしながらヤルカンドを棄てて出た。

ちょうどヤルカンドが自分の虱と蚤をうち捨てたように。

ヤルカンドへ通じる幹線道路はヤルカンドではないヤルカンドへ向かっている。

道端にしゃがむ人は少しはヤルカンドを想像することができるが、車を走らせる人はいつまで経ってもヤルカンドに着けない。

アマンニシャ汗は天国で、客の来るのを空しく待っている。

十四　身体相と歴史

二重の瞳の人、両耳が肩まで垂れていた人、両手が膝下まで長かった人、後頭部に反骨が生じていた人。みな葬り去られた人たちだった。歴史は彼らがどうこうできるものではなかった。

彼らは、顔立ちの平凡な人々に気に入られることを当てにして、自分が聡明かつ有用であることを顕示できただけだった。

全身に棘の生えた人、指のあいだに水掻きのついた人、神通力をもった人、第三の眼を持った人。みんな慌ただしく通りすぎていって、顔立ちの平凡な人々の期待を裏切った。

彼らは、死後には顔立ちの平凡な人々に黙って付き従うという選択をした。食べることに不自由しない道を確保しようとしたのである。

歴史は、講談師が故意に御機嫌をとるような、生まれながらに特別な身体の相の人々を作り出すが、最後には、遠慮会釈なく彼らを目くそ鼻くそのように扱う。

歴史は僕の知人（名前は秘密）を一人作り出す。その人間は猟奇好みであり、また興味関心は平凡でもある。

旅日記

一　フロントガラスに衝突して死んだ蝶

高速道路を飛ばしたら、たちまち蝶の大量殺戮が始まった。もしくは、僕が猛スピードで飛ばして来るのを見た蝶は、いきなり自殺飛行を決行した。フロントガラスに衝突死。事もあろうに、僕のフロントガラスに衝突死なのだ。次々に死んでゆき、水滴になり、ワイパーも拭い取れない黄色の斑模様に変わった。車を停めるしかなかった。半ば哀悼するために、半ば借金返済時刻を引き延ばすために。だが早速に警官がやって来て、免許証を確認、罰金カードを切り、高速道路に車を停めてはならん、直ちに車を出すようにと命じた。早速にますます多くの蝶がフロントガラスに衝突して死んだ。

二　逆走

突然に僕の一台だけが取り残された。突然遠くに、空から落ちてくる羊の群が見えた。いきなり真正面からやってきた羊が、次々に残らず車に化けた。突然に二車線が一車線に変わった。どんどん飛ばして行って、突然に逆走したのだった！　どうしてこの道を走っているのだ？　同じ道を走っていた車は、どこへ行ってしまったのだ？　すべての車に逆らうのは、まるで真善美が羊の群に逆らうかのようだ。衝突してそいつらを殺すのでなければ、そいつらが僕をやさしく踏み殺すのだ。どんどん飛ばして行くと、突然に逆走していたのだった！　風の音を、そして大地の静けさを聞いた。僕は車には全然ぶつからなくて、虚無に衝突した。

三　僕はついでに日の出を見た

二十年ぶりにまた北戴河の浜辺に戻った。そのころ、浜辺の娘たちはみんな、子を産んで育てていた。僕は自分の息子を連れて来た。息子は海の日の出がどういうものか、初めて見るはずだった。だが彼は一晩中歯が痛くて、僕は一晩中心が痛かった——可哀想に。幼子よ！　海は窓の外で衆議していたというのに、僕は気に留めていなかった。海は室の中にまで押し寄せては、また出ていったけれども、一筋の痕跡も残っていない。日の出が目的で来たのだった。日の出と海を見るために(それは僕の最後の浪漫的心情)。ところが子供の歯痛のために一晩中あたふたバタバタした。翌朝、もうすぐ眠りに落ちるという時、事のついでに日の出が見えたのだった。

四　田舎町の駱一禾

田舎町。三本の大通り、一つの広場、五千本の木、一人の友人。その友人がレストラン〈燕趙豪傑〉へ食事に招いてくれた。彼は六人を連れてきたが、そのうちの一人に驚いた。駱一禾なのか？だが一禾は逝って既に十五年だ！　その人は顔立ち、表情が一禾そっくりだ。しかし身長は一禾より高く、読んだ本は一禾より少ない。僕たちは握手、彼は心暖かで恥ずかしがり屋だった。駱一禾がもう一人いることを、一禾は知らない。一禾が去った後、もう一人の駱一禾は、依然として黙々と生きている。このことは、一禾の未亡人も含めて人との話題にしたことは一度もない。僕はずっと今日までこの「秘密」を守ってきたが、どうしてなのか上手く言えない。

注　駱一禾＝詩人。西川が北京大学で知り合った詩友。訳者後書きを参照。

五　田舎町の流行

僕は女の兵営に入り込んだのか？この田舎町の女性は、どうして誰も誰も鍔広帽子なのだ？おどおどした無帽の男たちが道端にしゃがみ、丼を手にしてうどんを啜っている。女たちは食事の買い物をするのにも、靴の中敷きを買うのにも、誰も誰も鍔広帽子。解放軍の鍔広帽子、経営者の鍔広帽子、警察の鍔広帽子、郵便配達人の鍔広帽子。彼女たちは制服を着ているわけではなく、鍔広帽子をかぶっているというだけだ。彼女たちは少しも悪ふざけをしているのではなく、鍔広帽子をとても奇麗に感じただけなのだ――鍔広帽子を作るのは大変素晴らしい。政府は大変素晴らしい。軍隊は大変素晴らしい。理想の男性は大変素晴らしい。もしかしたら、彼女たちは帽子を頭に載せて外出したいだけで、手を伸ばして掴んだのが、どれも鍔広帽子だったということかも知れない。

六　青果市場を通り抜ける

黄昏、(古の詩人の思惟が最も活発な時刻。夕陽に染まる山道のそぞろ歩きは何と気持ちの良いことか!)僕は古の詩人を羨みながら、至る所に千切れた野菜の葉が散らばる青果市場を通り抜けていった。周りに仙人の飼う鶴のような人は一人もおらず、岩石のように育ったジャガイモは一つもなく、松のように育ったセロリは一つもなかった。だがそれはやっぱり僕の黄昏だ。女が夕陽を背にし、全く平気な様子でパジャマ・スリッパ姿をして、種を囓りながらやってきた。青果市場の夕陽は彼女のボディラインをくっきりと浮かび上がらせた。彼女は自分がほとんど裸なのに気付かない振りをし、僕は、他人に自分の落ち着きのない心を見透かされまいと、見て見ぬ振りをした。

七　その都市は僕を忌避した

その都市は僕を忌避した。大雨を降らせて、僕が通りをぶらつけないようにした。話に聞いていた博物館は人手不足が原因で閉館していた。店内では、聞いても訳の分からない話をしていた。酒だけ買ったが、僕には飲めないやつだった。空きっ腹をグーグー言わせながら探し当てたのは本日終了のレストランだった。悪態をついてやったが、誰も気にしなかった。通り沿いのドアを敲くと、ドアは開いたが中に人はいなかった。木に寄りかかると葉が落ちてきた。その都市には一人の知り合いもいない。ああ、その都市には行ったのに、行かなかったのと同じだ。

八　気付く

トランクを提げて旅に出る。飛行機に乗り、汽車に乗り、車に乗る。行こうと予定したところ、または予定していなかったところに到着し、顔を洗い風呂に入り、そうした後で旅館を出る。見知らぬ土地——見知らぬ都市、または見知らぬ村を見てやろうとして、人は気付くはずだ。実は遠くまで行きようがないということ。山々を跨ぎ越えるのは、その向こうの、一筋あるいは幾筋かの街道、一つあるいは幾つかの表情、一つあるいは幾つかの峰、それらを見るだけのためだ。行こうと予定した、あるいは予定しなかったところに到着し、そうした後で旅館を出る。だが本当のところ、遠くまでは行きようがない。それを口に出すと呪詛めいてくるが、僕は故意に言うのではない。

九　他にも気付く

僕がどこかへ行けば頭の上の月もそこへ付いて来る。だからといって、月が僕の考えを理解しているなどと断言はできない。僕は何かを食べ、傍らにやって来た犬も何かを食べるが、だからといって、僕とその犬が同類であるなどと断言することはできない。ゴキブリが僕と一つ部屋に同居するなら、僕たちは同じ生存温度を必要とするのだが、今朝やっぱり殺虫剤を噴射させて七匹を殺した。飛ぶ鳥は、僕が見つけた社会的不公正を見つけたが、だからといって、僕たちが同様の憤りを分かち合うわけではない。たとえ落ち葉と僕が、同時に秋の到来を感じ合ったとしても、落ち葉たちが慕い合い、共感し合ったとは断言できない。

十　変幻

闇と小雨の夜に道に迷った。焦って汗は出るが声は出ない。ローラーが停まっているが、誰も工事をしていない路上で、振り返ると太っちょが追っかけて来た。僕は足を速めた。威嚇と罵倒が始まった。僕はポケットの金が多くなくて焦ったわけではなく、その都市にいるのは彼と僕だけだと思って焦ったのだった。焦り、苛々して、しばらくは弱り切っていたが、突然に僕は三人になっていた。僕たち三人は足を止めて振り返るや否や、完全にあっけにとられている目の前の太っちょ目が け、既に突進していた。彼は身を翻すや逃げ出し、僕たちはすかさず追いかけた。走りながら、人が多ければ勢いも大きいという感覚の素晴らしさを体験していた。僕たちがそろって水路に落ち、僕が仲間二人を探し出せなくなるまで。

十一　闇夜に喧嘩する二人

開け広げた窓のところで煙草を吸っていた。煙は外の闇夜へ吸い込まれていった。外は静まり返っていたが、その静けさは、眠っていない人々を励まそうと、音響を発しているらしかった。そんなとき、言い争う二人の声を聞いた。声はどこか別の窓（僕には見えない窓）からだ。とっさに、どこの窓の内側でも誰かが耳を澄ましていると思った。男が大声で叫んだ。「おまえなんか失せろ！」女は少しも怯んでいなかった。「この部屋は私んだよ！」男が長々と罵倒するのを聞き、女が長々と声を上げて泣くのを聞いた。……闇夜。闇夜。闇夜。僕が一番鶏の鳴き真似をしたら、夜が明けた。言い争っていた二人はついに口を閉じた。

十二　罪と罰

入り口を間違えて女子便所に入ってしまった。尿意が差し迫って、入り口はどっちかなんてお構いなし、尿意が放出されてほっと一息。ブルッと身震いして、その時初めて見た——仕切りのない公衆便所で——どういうことだ？　——左右二人の女の子も立って小便をしている。その情景は僕をびっくりさせた。女の子二人は大胆にも、彼女たちの小便の伝統に過激な反抗をしている。その勇敢さを礼賛しようとした、ちょうどその時、彼女たちはすばやく良家の子女の勿体ぶった態度になった。隣に声をかけて男を呼び、僕を捕らえて派出所に突き出した。僕はゴロツキの身振りで大仰に大通りを通っていった。間違って女子トイレに入った罪の方が重いか、それとも女性が立ち小便をする罪の方が重いかと、警察に訊いてやった。警察はこの知能的難問には答えられず、僕を釈放した。

十三　靴下の広告

靴下を宣伝する広告看板の前を通り過ぎた。看板には《靴下を買うにはピッタリの季節》と書いてある。どうして《靴下を繕うのに良い季節》ではないのか？　どうして《靴下を脱ぐのに良い季節》ではないのか？　いわゆる小康状態の社会では、人は誰でも靴を履く前に靴下を穿くことができるのだ。いわゆる裕福な社会では、人によっては靴を履く前に靴下を穿くのを潔しとしないのだ。僕は傍らを通り過ぎる人のことを推測した。一人の靴下は既に指の部分に穴が開いていた。別の一人は臭い足だったが、靴下は完璧だった。僕自身の靴下は、新品の靴下を少しばかり羨ましがっているんじゃないかと思った。両足が陽射しの中の素足を少しばかり羨ましがっているんじゃないかと思った。

十四　狼狽

巨大なテラスで食事をする人の群れ。僕はその場にふさわしい身振りをしようとし、言葉遣いに十八世紀の建築と大いに由緒のある食器とのバランスをとらせようとした。ところが僕は有頂天にってはならず、世界に対する正直な見方を慌てて表現してはならないのだった。報いがやってきた。西瓜が喉につまってむせた。咳き込むのを抑えきれず、テーブルを離れざるを得なかった。気管を詰まらせた西瓜が、与えられるべき辱めをお受けするようにと僕に迫り、それで大袈裟な咳をしたのだ。皆は僕を見ながら、その狼狽振りに同情し、そして世界に関する彼らの不正直な会話を続けた。彼らは、僕が大きく咳き込み始める前より一層上品になりさえした。

十五　入浴所感

浴槽は他人が使ったものだ。だが、どうってことはない——手にした紙幣も他人が握ったものであり、頭の上の月も他人が賛美したものだ。それでもやっぱり、それは他人が使った浴槽だ。女が使ったのか、男が使ったのか?美女が使ったのか、柄の悪い男が使ったのか？　だが、どうってことはない——異郷にあっても、湯船付きの風呂に入れるなら、それは幸運というものだ。僕は自身を戒めた。他人の浴槽を使って自分の身体を洗うことをも含めて、それは運命だと諦めて黙々と生活しなければならないと。だが、僕がちょっと黙ると、どこか片隅からゴキブリが手探りをして出てくるのだ。だが、どうってことはない——ネズミが出てこなければ、それが幸運というものだ。

十六　マックにて

入り口を注視していた。ピンクのリュックを背にした女の子が入ってきた。ヘッドフォンとサングラスを付けた男の子が入ってきたが、入ってきた時、サングラスは外しヘッドフォンは外さなかった。男女二人が入ってきた。二人は外では抱き合っていたが、入る時に手を放し、男が女を前にして入った。表情のない人が入ってきたが、その子供も無表情だった。女がケータイのメールを笑う細い目で読みながら入ってきた。入ってきて一周し、ちょっと見回してから、また出ていった初老の男……。言うまでもなく彼ら一人一人はみんな、名前、胃、生殖器、精神を身に帯びている。数えて十七番目に入ってきた人の時、僕は席を立ち、自分自身のそれら一揃いを身に帯びて外に出た。

十七　ある人は

ある人は上海で一生を過ごし、ある人はローマで一生を過ごし、ある人は砂漠のオアシスで一生を過ごし、ある人は雪山の麓で一生を過ごす――君はまだ彼らに会ったことがない。ある人の一生は上海に始まり、雪山の麓で最期を迎える。ある人の一生はオアシスに始まり、危うくローマで死ぬところだったが、ついにはオアシスに戻った――君はまだ彼らに会ったことがない。僕はこれらの文字や語句を書いているが、それを読まない人も一生を生きるのだ。読むことになる人は、もしかしたら、この人の言うことはどれもこれも無駄話だと言うかも知れない。しばらく待って下さい。

僕はあなたに会っていますか？　何度考えても、あなたに会ったことはありません。僕たちはそれぞれ一生を生きますが、もしかしたら同じ都市の、同じ区で生きるのかも知れません。

隣人①

僕の隣人。まだ彼らを食事に招いたこともなく、彼らから金を借りたこともないが、もし僕に娘がいたなら、彼らのうちの誰にも絶対に嫁がせないと、ひそかに心に決めた。何故なら、彼らは軒並み僕の近親者みたいなものであるからだ。

間違いなく彼らは近所に住んでいる（ごく近く、すぐ隣に住んでいる）と言えるが、彼らが鳥であるのか、兎であるのか、それとも狐であるのか、（ちょうど、自分が何者であるのか自分では明確に言えないように）はっきりとは言えない。

僕たちは、物価や天気や中学生の制服について意見を交換したことはあるが、道を行く女の子に対する印象は、まだ交換したことはない。僕たちは、煙草と伝染病を交換したことはあり、引き続きこれからも煙草と伝染病は交換することだろう。

隣に住む女性は、僕のドアの前を通るたびに巧みに覗き見をする。僕の方は、ドアを閉めていても、全く暇つぶしに歌を聞くように、彼女が暇つぶしにシャックリするのを聞くことができる。

彼女と彼女の夫は、きっとその部屋の中で、それぞれ対角線の一角を占めているに違いない。二人の間には、きっと最大限の距離が維持され、家庭内の秘密が明瞭な息づかいを保つようにしていることだろう。

だが、彼らの心の問題について、もしくは心の問題の有無について関心を持つことはない。それは認めよう。

隣人は、こっそり聴く人なのであり、くすくす笑う人なのであり、道徳監督者なのだ。僕が、隣人の道徳状況がたまたま高尚であるところを監督するので、彼らはクチコミというやり方で僕に時代精神を伝えるのだ。

隣人②

時代精神が張さんを鼓舞し、彼は若い三人娘に自宅を賃貸した。三人娘は厚化粧をし、腹を痛め、昼間寝て、夕方になったら洗顔して、夜の大通りに立つのだった。

時代精神が李さんと李さんを鼓舞し、男Aと男Bはベッドで抱き合い、笑いさざめき、さめざめと泣き、戯れるのだった。

麻布とおばさんは、蜜蜂のように僕の背中をチクッとやる。ブーンブーンブーン。振り返ると彼女たちの笑っているのが見える。彼女たちは僕に猫いらずを配る。彼女たちは僕に「飲んだ?」と訊く。「鼠が飲めばいいんだ!」と僕は応える。

夜中、鼠たちが僕のベッドを取り囲んで、声をそろえて「こんにちは! お隣さん!」と挨拶した。僕はそいつらに「全員消え失せろ!」と叫んだ。この家では僕が言えばそれで決まりだ。

僕の家が雨漏りすれば全ての隣人の家は必ず雨漏りする。僕の家が停電すれば全ての隣人の家は必ず停電する。僕が三十八度の空気の中を歩けば全ての隣人も三十八度の空気の中を歩く。僕が自分の家で服を脱げば全ての隣人の家でも服を脱ぐらしい。

壁はとても薄く、隣人一家が連続テレビドラマ《鏡》の再放送を観ているのが聞こえてきた。僕は夜を徹して壁を厚くし、新しい壁を積み上げたが、次の夜、やっぱり《鏡》の主題歌が聞こえてきた。

僕が部屋に引き籠り、連続七日間話をせず、鼻歌も歌わず、屁もしないでいると、隣人の女性がドアを開けて入ってきた。僕の生活に問題がないかどうか、ちょっと覗いてみるためだった。

僕は尻尾を隠している

僕は尻尾を隠して、尻尾を隠した人たちの間に紛れ込んでいる。
身を屈めれば自分の影に近づけると考えたが、影の方も身を屈め、走って逃げようとする振りをした。

冷や水を腹いっぱい飲めば、心の中の話を残らず溺死させることができる。

僕は、歩きながら手を広げるけれども、世に向かって願うものは何もない。おお、だがどんなものが僕の手の平に転がり込んでくるというのだろう。

ガラスの破片が指を切り裂いても蚊の飛来は見当たらない。

目の訓練を、鷹の目の鋭さになるまでして、終には一切をくっきりと見ることができたが、心の中のどうしようもなさからは逃れようもない。

もしも君が余りに近いところを通れば、僕は望遠鏡を使えない。望遠鏡は専ら君を見るために用意したのだから、君はただ何もせずに遠くにいるべきだ。

街にある花びらは西施の爪の切れはし？

僕がかつてしでかした愚行を他人がまたしでかしても、僕にはそれを食い止める方法はない。僕自身がもう一度それをしでかすとしたら、それは専ら、あれやこれやの悪巧みを見せつけようとしてのことだ。

狂人の側に立つことができなければ、常人の悪に対して手を施すことができない。常人の側に立つことができなければ、狂人の悪に対して手を施すことができない。

聡明な人間は日の暮れる前に急いでその一日の理知を使い切る

頭を上げ、月を仰ぎ眺めていて、急に自転車のベルを押すと同時に、こらえ切れずに月に向かって鼻息を馬のように噴き出したが、月面は実に静かだった。

火曜日。吹き消した蝋燭にひとすじ青煙。

水曜日。南方の蝿が北方の蝿を打ち負かした。

会合をする鼠たちを車の排ガスを使って招待した。鼠たちは充分に満足し、全員がそろって同意した。「世界はくたばれ！　だが、俺たちはくたばらんぞ！」

人をびっくりさせるな！　人でない人をびっくりさせよ！　びっくりさせられる必要が、彼らにはあるのである。ちょうど、御機嫌をとってもらう必要が、彼らにはあるのと同じである。

僕は君の皮膚に硬貨を押しつけて図案をくっ付ける。

君は空の重さを計量する。それを遊びでするなら、それもよし。もし真剣にやるのであれば、僕は君を絞め殺すしかない。

夜中に遊び回る者たち。僕たちは知己になるのを避ける。

反日常

目の技を最もよく備えた人が盲目の人だったなんて思いもよらなかった。

もし荷車引きの馬が盲目でないのなら、荷車引きの馬を考え出した人はきっと盲目だったに違いない。


最もほっそりした人が後に堂々たる風貌に変身する。

釈迦牟尼はどんなときに肥って、塑像をあのような容貌にされたのだろう。


最も博学で物事に精通している人が却って聖賢との関係を絶ち、知恵を捨てようとする。

荘子は、自分がいかに懸命に耐えて終には激しい雷となり、山を崩したかは、どうしても言わなかった。


最も芸術を理解する人は、自分が偶然に歌うことだけを許す。

プラトンはサッフォーの詩を暗唱したが、理想国における詩人たちの戸籍を廃棄した。

最も愛をささやいてはいけない人は、四六時中愛の巣に浸っている。
夜中に出かけるそのたびに、一巻の恋歌によって己の玉座を焼いてしまう。

最も情感を重んずる人にも、それが面倒に感じられる時がある。
ルソーは自分の子供をすべて孤児院に入れたが、そうした後で相変わらず情感について大いに語ったのだった。

最もバッカス精神を讃える人がニーチェ。ニーチェである。
バッカスの最後の子供は、一滴の酒も飲まないのに、ワイマールで錯乱状態だった。

思想演習

ニーチェは「一切の価値を評価し直す」と言ったが、それは僕たちに歯ブラシの評価のやり直しを迫る。歯ブラシはもしかしたら歯ブラシではないのかも？あるいは決して歯ブラシというだけではないのかも？もし僕たちが歯ブラシの評価のやり直しを拒むなら、僕たちはニーチェの評価のやり直しをすることになる。

ニーチェ思想は、いつもすこしばかり僕たちの思想を厚かましくする。だが、まさか恥ずかしげもなく鳥の歌をまねたり、白雲の沈黙をまねたりすることはあるまい？　恥ずかしげもなく厚かましいということはあるまい？

たとえ理由が思い浮かばない場合でも、僕たちはしばしばそのことが思想であるふりをする。蠅が一つの文字から他の文字へ這い移って、詩が読めるふりをするようなものだ。ずいぶん多くの人が、そのことが思想であることを装う。思想が美しい事象だということを物語っている。

ただし、禿頭に櫛は不必要で、虎に武器は不必要で、馬鹿に思想は不必要だ。必要とされることのない人間は、ほとんど聖人と言ってよいが、聖人も暇つぶしに鉄橋の馬鹿でかい鋲の数をちょっと数えてみる必要はある。これが馬鹿と聖人の違いだ。

ニーチェは言った。人は毎日二十四の真理を発見しなければならず、そうすれば熟睡できると。だが第一、人はそんなに多くの真理を発見してはならず、この世の真理の供給が需要より多くならないようにしなければならないのだ。それに、そのように多くの真理を発見したなら眠ろうと思わないのではないだろうか。

よって僕はあえて断言する。ニーチェは眠ったことのない人だった。もしくは、たとえ寝入ったとしても夢遊していた。夢遊者がもう一人の夢遊者に出会えるはずもなかった。ニーチェは神に出会ったことはないのだ。それで「神は死んだ」と宣告した。

では、ニーチェは王国維に出会ったか？　否である。魯迅に出会ったか？　否。僕というこの厚かましい人間に出会ったか？　やっぱり否。よってニーチェという人間は、ひょっとしたら存在していたわけではないのかも知れない。「霊魂」という語が指し示すのが、別段何でもないところのものかも知れないというのと同じだ。

思想は飛翔のようであり、飛翔は人に眩暈をもたらす。このことが、僕が時に思想を求めない理由だ。思想は悪癖のようであり、人はその悪癖によって生活の楽しさと面白さを味わうのだ。このことが、僕が時に思想を望む理由だ。

僕は、大根や白菜に僕といっしょに思想するよう求め、鶏、家鴨、牛羊にもいっしょに思想するよう求める。思想とは一種の欲望であり、僕は、あらゆる禁欲主義者にこの点を承認するよう求め、あらゆる享楽主義者にもこの点を認識するよう求める。

スポーツ選手の多くは、練習し、練習し、また練習し、練習で自分が壊れるまでになってから止める。多くの事物を見すぎる人たちは、盲人になるしかない。思想を停止させるためには懸命に思想するしかない。思想が白痴に変わるのなら、むざむざ人に生まれ変わるなんてことはない。

人を消滅させる。これがニーチェの仕事だ。人を消滅させる。それは人を超人に変えることであり、あらゆる避雷針を引き抜かせることであり、そうした後で自分自身を避雷針のように大地に突き立てることだ。

思想に関する原則。一、繁華街では思想は一回の出来事であり、谷川あたりでは別の一回の出来事だ。二、思想は空欄補充の演習ではなく、新たにやり直すことだ。三、思想が極致に達した人は、たとえ悲観厭世したとしても、一人で手をたたき大笑いすることができる。

付録I
ミーナのインタビューに答える

イタリアの中国研究家ミーナ（Cosimina Bruno）は、ロンドン大学アジア・アフリカ学部に於いて携わった学術研究の一つとして、西川に二十四個の書面による質問を提出した。本文は、そのうちの二十一個に西川が答えたものである。二〇〇二年、詩誌『星星』がその一部を発表している。

一、あなたは何故、自己表現に詩歌を選び取ったのですか？

最初は、詩歌が自己表現に便利だったからです。詩歌に対して、文学ジャンルとしての理解が深まるにつれて、自己表現にふさわしいと意識するに至りました。画家になろうと夢想したこともありましたが、文字の中に獲得した楽しみと満足感は、線と色彩の中に獲得した楽しみと満足感を、徐々に凌駕してゆきました。その他のスタイルの創作を試みたこともありましたが、どのスタイルも、水準、密度、転換、立体感、意表性、可能性など、どの面でも詩歌には及びませんでした。このほかにも、時には道楽にのめり込んだり、心が深山幽谷に遊んだりする状態になることがあるかも知れませんが、そういう状態は、詩歌以外の創作には適していません。しかし誰にも分からないことです。人は変わるかも知れません。僕は、自分が詩を書くからといって、何か地位があるようには感じないようにしたいと思います。

二、あなたはいつ頃、自分が詩人だと自覚し始めたのですか？

一九八七年一月、雑誌『十月』に「雨季」という題名の二百行余りの詩を発表しました。その時から、自分は詩人だという感じがし始めました。それでも自分の詩人という立場は、それほどはっきりしていると言えるようなものではありませんでした。一九九二年に「敬意を表す」を書いて以後、この意識は幾らか明確になりました。一九九八年に「鷹の言葉」を書いた後、又あまりはっきりしなくなりましたが、それは別のレベルの意味における曖昧さです。何故なら「鷹の言葉」は詩の限界を若干超えているからです。実際、詩を書いていると、僕はますます自分の詩人という立場がはっきりしなくなってきます。

三、あなたは詩歌を除いた、その他の創作に興味が有りますか？

僕が、「自分の詩人という立場がはっきりしなくなってくる」と言うのは、作家あるいは別の何者かに変わりたいということを意味しているわけではなく、「新種の詩歌創作」という意味で言っているのです。何年も前、試しに物語を数編書いたことがあり、それらをある文学雑誌に送りました。当該雑誌の編集者が返信で、あなたはやっぱり詩を送って下さいと言ってきたので、僕は物語あるいは小説を書くという考えを打ち消しました。少なからぬ理論的なエッセイ（内なる誇りから発していますが、それらは当代詩歌への言及は稀です）を書いたことがあり、叙述的な散文も幾らか書いたことがありますが、散文創作について何らかの見解を述べられるほどではありません。新しい詩歌創作の多くは、僕が文学関係の定期刊行物の依頼に応じて書いたものです。最近完成した詩劇も、人の依頼によるものです。この詩劇は、僕と役者、演出、作曲、舞台との妥協による産物です。ところが、この詩劇を書いてゆくうちに、以前の僕には分からなかった楽しみが感じられるようになりました。

四、御自身の創作スタイルについて、どのように定義しますか。

僕の創作スタイルには大きな変化がありました。一九九二年以降、逆説と偽造による寓話に対して強い興味が湧きました。それに呼応するように、僕の詩歌は詩歌の変種になり、それらは曖昧性と不確定性を持つことになりました。それらがそれまでの安定性と閉鎖性を抜け出して、物質世界へ向けて開かれると同時に、形而上あるいは偽形而上の世界へ向けて開かれ、そして物質と形而上あるいは偽形而上の間に、破壊し合い奮い立たせ合う関係が形成されることを希望しています。総じて言えば、僕の現在の詩歌は、詩歌と、それとは別に存在する精神の源との間に、あります。

五、あなたは、創作に対して文学性は重要だと考えますか？

これは、「文学性」（問いの原文＝Do you consider your work to be literary?）という語の意味に、どのような境界線を引くかを考えなければなりません。仮にその指し示すものが、個人の創作は、作者を越えた創作体系の内に置かれているというものならば、僕は literary なのです。僕はこの世にいない幽霊のような読者の存在を重く見ます。この世にいない読者というのは、歴史上の詩人だけに限られるものではなく、その範囲は精神労働と関係する、この世にいないあらゆる魂にまで広げることができます。勿論のこと、彼らに敬意を払うかどうかということであり、また誰に敬意を払うかは自分自身のことではあるのですが。仮に literary の指し示すところが、文法に対する重視、文章を練る際の苦心、生の話し言葉が書き言葉に帰納させられるようにする努力であるならば、幾つもの情況において、僕は文学的ですが、文体の必要のため、時には反文学的なことをするのを排除しません。仮に literary の指し示すものが優美な文学であるならば（現今の中国の書く環境と読む環境の中では、この点を提議することは特に重要です）、それが指し示しているところは、戴望舒の四十パーセント、徐志摩の七十パーセント、梁実秋の百パーセントですが、その場合、僕の創作は「文学性」とは反対の方向へ疾走していることになります。

六、文学と日常語との関係はどういうものでしょうか？

僕は《詩歌錬金術》第六十二項で明確に書いています。「詩歌の言葉は日常の言葉ではない。たとえ詩人が日常の言葉を使ったとしても、日常の言葉の意味で使っているのではない。」これは二種類の言葉の、異なる性質のことを言っています。この短い言葉は、ちょうど英国詩人ウィリアム・ワーズワースと米国詩人ウィリアム・カーロス・ウィリアムズの言うことと、対照的です。彼らは詩歌の言葉と日常の言葉には何の区別もないと考えたのです。同時に、この短い言葉は、胡適の言ったこととぴったり対照的です。彼は『白話文学史』の中で、この問題をはっきりさせてはいないのです。彼の文学の言葉――詩語の拡大と弱体化――は、決して日常の言葉に向けて開かれてはおらず、ただ日常の言葉に対して、加工取捨を執り行うことを求めているだけです。僕は《スペインの雑誌〈虚構〉による四つの問いに答える》という短文の中で、エリート文化、前衛文化と大衆文化との間の相互作用関係に関する討論を借り、別の形で、実質的にこの問題に言及しています。日常の言葉は、文学の言葉の土壌の一つで、文学の言葉に空気、水分とバクテリアを提供します。但しそれは文学の言葉の唯一の土壌ではありません。というのも、文学の言葉を構成する多くの要素は、歴史上の、書かれたテクストから直接来ているからです。中国の情況を具体的に言えば、もし文化史的な角度から言うと、中華文明の持続的存在を保証してゆく中で、書き言葉と日常の言葉の働きは全く同日に語ることはできません。日常の言葉は、硬直化した文学の言葉をほぐす手助けをしますが、僕の所謂「文学の言葉の硬直化」が意味するところは、それが文学の用語（literary diction）に変わってしまった、文学の言葉の癌に変わってしまったということです。これは真正の作家、詩人なら誰でも警戒するはずのことです。それゆえ、日常の言葉を極端へと推しすすめれば、日常の言葉が文学の言葉を解放することができると考えるのは幻覚に過ぎず、文学の言葉づかいの振りをして文学の言葉を攻撃するのは大きな誤りです。日常の言葉から漏れてくる思惟方式はきわめて貧弱で、それは思惟の中の経験部分に及んでいるだけで、夢幻部分と論理部分に対しては認識する方法がありませんし、そこまでは及びようもありません。日常の言葉は表面において、その活発さと清新さによって意識形態を瓦解させせますが、その限られた語彙量にできることは限られているので、自由の基礎が不足してしまうのです。それは多くの事物を回避してしまいます。日常の言葉を唯一の言葉だと思い込んでいる人たちは誤って、ダンテがラテン語ではなくイタリア語を使って《神曲》を書いたという例を引用するかも知れません。ところが僕はイタリアで、誰一人《神曲》の口調で日常の会話を行うのを耳にしたことはありません。

七、グローバル化はあなたの母語にどのような影響を与えたと考えますか?

現代漢語(それは古典白話小説が使った言葉とは異なります)は、確立し始めた途端に西洋の言葉、とりわけ英語の影響を受けました。語彙の方面では日本語からも衝撃を受けました。僕らが使う、現代文明に関する少なからぬ語彙はどれも日本語から取り入れたものです。こういう情況は、目下のグローバル化の進行過程と関係があり、かつまた無関係です。グローバル化は主に経済の領域と政治の領域で進行し、そして政治と経済のグローバル化は、文化の多様性の必要によって、消費の品性を保証することができます。注意するに値するのは、グローバル化に反対する人々が用いる武器の一つが、まさしく本土文化を擁護することの重要性だということです。グローバル化の、言葉に対する影響の度合いは、世界各地でばらつきがあるかも知れません。商業の言葉としての英語の、それと近しい西欧の言葉に対する影響は、その中国語に対する影響よりもはるかに大きいのです。僕は、経済、政治、学術などの領域で、現代漢語が一定程度グローバル化の波を受けていることを否定しませんが、文化領域の大部分において、大陸の言葉が受けたインパクトは主に香港と台湾からです。しかし、こういうインパクトに対する主な反応は、娯楽に熱中する、しかも娯楽の条件も限定された、社会の底辺においてでした。中国当代の詩歌創作は、間違いなく何らかの西欧現代詩歌の影響を受けていますが、そのことを、グローバル化の、中国当代詩歌に対する影響だと考えるのは、おそらく少々問題でしょう。まず第一に、現代漢語詩歌の創作が西欧詩歌の影響を受け容れた始まりは、二十世紀初頭にまで遡ることができるのです。次の問題は、まさしく西欧の現代詩歌が、現代と当代の中国詩人の思考を掻き立てた二つの基本問題のことです。如何にして自身の詩歌を書くか？　如何にして現代漢語の可能性を掘り起こすか？　もし仮にグローバル化の、現代漢語に対する影響を強調しなければならいとするならば、僕はいっそのこと、この話題を別の話題の方へ引き寄せたいのです。グローバル化は個々の中国詩人の「過去を発明する」（注①）情熱を掻き立てました。しかも、この「過去を発明する」という情況は中国の詩歌界に存在するだけでなく、同様に映画界、音楽界そして視覚芸術界にも存在します。それは、世界のその他の発展途上国家の、「過去を発明する」という情熱と同時進行です。それが存在する条件は、世界市場が存在するということです。

注①　「過去を発明する」＝過去において通用し、流通した論理や方法を、もはやそれが有効とは言えない現代の文学芸術においても当てはめて表現し、作品化しようとすること。（張芸謀の映画にもそれが見られるという。）例えば、現代社会にあっても、「東方主義（オリエンタリズム）」という方法、認識態度によって、アラブ世界を表現するようなこと。

八、詩歌の翻訳に対してはどんな考えを持っていますか？

中国古代の詩を現代漢語に直すのは、それを西欧の言葉に翻訳するのと全く同じです。その光沢は激減してしまいます。屈原、陶淵明、李白、杜甫はすでに現代漢語には生存のしようがなく、西欧の言葉にも生存のしようがありません。これは何故でしょうか？　まさか詩歌は翻訳不能というわけでもないでしょう。詩歌の翻訳は興味深い現象をもたらします。中国古文の言語環境の中で、それほど際立っているとは言えない幾つかの詩歌を、外国語に訳すと却って良い詩になるのです。このことは、ひとたび翻訳を経ると別の評価基準の内に入ることを意味するのでしょうか？　あるいは、文化伝播自身が変容する過程なのでしょうか？

このような現象が存在していますから、西欧では、詩歌の翻訳の過程において、原詩の最も良いものは別の言語に届きようがないと言う人がいます。さらに、詩歌は翻訳における訳し残しというプロセスを経て、最も良いものにもならず、最も悪いものにもならないと言う人もいます。僕の考えはこうです。言葉と言葉の間には重なり合う部分とそうでない部分とがあります。重なり合う部分は比較的容易に翻訳できますが、重なり合わない部分は翻訳するとなれば困難が多いでしょう。但し、結局のところ詩歌は、それがもう一つの言語の中で解釈されようがないならともかく、決して翻訳不可能だというわけではありません。何年も前の翻訳経験からすれば、情趣は最も翻訳しやすいものですが、最も翻訳しにくいのは、眼にすることのできない語感、リズム感です。言葉の多義性という点は訳者にとっては、中程度の試練を構成するだけです。既に先ほど、翻訳の過程は「変容」の過程だとお話ししました。しかし、「変容」は、文化交流のなかで極めて重要な位置を占めます。それは言葉の課題でもあり、文化の課題でもあって、それは、世界に対する僕たちの理解がより多く頼るのは結局「変容」なのか、それとも「原型」なのか、に関わってきます。少し空しさを覚えながら言いますが、独自なものはこの世界に益々少なくなってしまいました。

九、中国の現在の詩歌情況を、あなたは、どのように見ますか?

殊更に加えるような見方はありません。何人かの優れた詩人は、優れた詩を書いており、ダメな詩も書いています。何人かのダメな詩人は、ダメな詩と更にダメな詩を書き、そのうえ自分では大変革をしていると思っています。詩歌創作は詩歌政治の道を歩み始めました(誰かと競い合えば、より人を驚かすことができます)。本当の、掛け値なしの創造力はまだまだ開拓待ちです。更に多くの人は、既に別人が開拓した場所で仕事をしていますが、倦まず弛まず向上できる人は既に小人物ではありません。但し、たとえ大人物でも、創作方法が可哀想なほど少なければ、その創作題材はますます日常の生活方式と性とに限定されます。詩歌創作は本来、ある種の「非合法」の要素を含んでいます。しかし、「知識人」であろうと「民間の創作者」であろうと、皆、一種の「合法」的な歴史地位を争っているようです。

十、どのあたりの青年詩人に最もチャレンジ精神があると、あなたは考えますか?またそれは何故ですか?

僕が目を通すのはきっと網羅的なものではありません。僕が接することのできる〈民刊〉(注①)は、《詩》、《詩参考》、《詩歌と人》、《東北アジア》、《偏移(注②)》、《中間》、《手書き》、《国際漢語詩壇》などです。程光煒が編集した《時間の砥石の歌》は、収める全てが僕より若い詩人の作品です。ほかにまだ《第四代詩人詩選》があるようですが、これは僕の手元にはありません。僕は北京に住んでいますから、北京やその他の地方に住む何人かの青年詩人に接したことがありますが、彼らは皆、とんぼ返りを撃つ力量のある人です。彼らの創作は比較的高いレベルから出発しており、言葉に対する彼らの自信は、しばしば僕を吃驚させる所です。ですが、もしも彼らが僕に対して挑戦者になったなら、僕はほんとうに自分を功成り名遂げた人の位置に置いてしまいますよ。だが僕はそうは思っていません。彼らが僕に挑戦しても意味がないと思います。彼らは、杜甫や李白や白居易や李商隠に挑戦してゆかなければならず、パウンド、エリオット、スティーヴンズ、ギンズバーグ、アシュベリー等々に挑戦してゆかなければなりません。

注① 〈民刊〉＝民間誌。非官製誌。
注② 『偏移』＝逸脱あるいははみ出し等の意。

十一、あなたは中国語詩歌の未来をどのように見ますか？

中国語詩歌の未来は、中国語が思考スタイルとして、感受スタイルが上へ下へ深く掘り下げられる度合いと関わっています。その未来は、それが、世界の他の国の詩歌とそっくりの優れた詩を生み出せるかという所にではなく、それが独自の優れた詩を生み出せるかという所にあります。僅かに、語句を熱愛するだけでは、このことは成し遂げられません。僅かに、生活スタイルに夢中になるだけでは、このことは成し遂げられません。僅かに、読書経験を頼りにするだけでは、このことは成し遂げられません。持ち上げ合ったり、自分からラベルを貼ったりして何かができるなんて、なおさらお話になりません。

十二、あなたの詩歌伝統は何でしょうか？

中国古典詩人のうちで、僕が以前高く評価したのは李白（その、言葉の幻想性）、屈原（その、構成の特徴）、曹植（その、知識人の気概）です。また後に陶淵明（個人の完全性の擁護）、杜甫（制約の中の自由）それに韓愈（影響に対処する流儀）が加わりました。西欧の詩人のうちでは、僕はブレイク及びブレイクに関連する詩人、例えばイェーツ（幻想、神秘）とパウンド（玉石混淆、予言者流の積怨、文化的視野）が好きです。ブレイクの系譜に対して意義の修正をした詩人、例えばボルヘス（精確綿密さ、知力の形態）、スティーヴンズ（虚構、知力形態）も、僕の尊敬するところです。一般的に言えば、僕の詩歌食欲は良好です。僕は、純粋の抒情詩人たち、例えばランボー、トラークル、ガルシア・ロルカ、ネルーダ等に反感を持っているわけではありません。詩歌史に対する僕の関心は、いつもそんなに固定しているわけでもありません。この数年、記憶に保存された、ある種の閉鎖性を備えているロシアや東欧の詩人に対して、深い興味が湧いてきました。但し、それと同時に僕自身の創作の方は益々開けっ広げなのですが。

十三、詩歌以外で、あなたは、どの作家、思想家の影響を受けましたか？

この問題を僕に質問した人は、今までにいませんでした。これは、僕の精神の秘密に触れる問題です。詩人自身から、その非詩歌の伝統を探すのは、その詩歌伝統を探すよりもちょっぴり面白いでしょう。僕がどういう人の影響を受けたのか、一度では詳しく解説できませんので、簡単に彼らの名前を列挙し、同時に少しばかり分類を加えるというやり方にします。生命に対する見方に影響を与えた人は、孔子、荘子、ニーチェ。中国文化に対する見方に影響を与えた人は、魯迅、銭穆（歴史学者）、早い時期に中国にやってきた宣教師、例えば利瑪竇（マテオ・リッチ）、僕の政治道徳と想像空間に影響を与えた人はトーマス・モア、カンパネラです。二人は共に空想社会主義者です。別々の方向から僕の言葉のスタイルに影響を与えた人で、中国古代現代の詩人、作家、思想家を除けば、やはり列挙すべきは、スウェトニウス（古代ローマの歴史学者）、カフカ、エッシャー（注①）。創作中の現代的問題に向き合うよう啓発してくれた人に含まれるのは、バフチン、ベンヤミン、フーコー。このほかに、僕は各種宗教の経典——勿論《聖書》を含みます——に興味があります。非聖書系の経典や神秘主義に対する興味はもっと大きいです。この方面で、ドイツの学者ショーレム（G・G・Scholem）（注②）の著した《ユダヤ教神秘主義の主流》（Major Trends in Jewish Mysticism）には少なからず助けられています。

注① エッシャー＝Maurits Cornelis Escher（一八九八〜一九七二）。オランダの現代画家。
注② ショーレム＝ベンヤミンの親友。

十四、最も好きな本を、十冊列挙していただけませんか。
文学方面の書籍だけを列挙してしまい、なおかつ「十冊」という、あなたの条件を超えてしまうのを許して下さい。中国の作品では、《壮子》、《世説新語》、《陶淵明集》、《捜神記》、《李白詩》（いかなる完本または選集も）、《杜甫詩》（いかなる完本または選集も）、《水滸伝》、《聊斉志異》、《野草》（魯迅著）です。世界の、その他の国の作品では、《千夜一夜物語》、《デカメロン》、《ブレイク詩集》（いかなる完本あるいは選集も）、カフカ《城塞》、パウンド《詩章》、《ボルヘス作品集》（僕の言うのは、いかなる完本あるいは選集も、ということです）、《カルヴィーノ作品集》（いかなる完本あるいは選集も）です。

十五、あなたは詩歌の団体に参加したことがありますか？

僕は数年前に、中国詩歌学会理事にするという招聘を受けましたが、学会は未だに一度も、いかなる会議、いかなる活動へも、参加の招待がありませんし、未だにいかなる問題についても僕に意見を求めてきたことがありません。僕は学会にどのくらいの会員がいるのか知りませんし、会員にはどんな人がいるのかさえも知りません。このことはちょっと不思議です。学会は僕の名前が必要なだけだと思います。八〇年代後期、僕は《幸存者（生き残った者）》という名の詩歌組織に参加したことがあります。活動を組織したのは楊煉と芒克です。一九八九年海子が自殺した後、僕も「生き残って」ゆくことはできないのだと思い当組織の活動を退きました。たぶん僕が退いてから程なくして、当組織はみずから解散しました。一九八八年、僕と数名の友人は一緒に《傾向》という名の小雑誌をやりました。この小雑誌は、理想主義、知識人精神そして秩序原則を鼓吹しました。この小雑誌で活躍した主要人物には、陳東東、欧陽江河、老木等がいました。しかし、《傾向》は三期出ただけでした。当時、国内にはまだ一つ、全国的な民間の詩歌刊行物があり、《現代漢詩》と言いました。主に芒克、唐暁渡がやっていました。僕も《現代漢詩》の編集作業に参加したことがあります。

十六、あなたの理想の読者を描いて下さい。

その人は、何かひどい詩歌趣味の汚染を受けていてはいけません。その人は、文字に対して少し敏感でなければなりません。その人は、その人自身の存在に大いに関心を持たなくてはなりません。その人は、心に世界に対する疑問がなければなりません。その人は、あまり旅立ちの慌ただしさのない生活を有していなければなりません。その人は、少しユーモアのセンスがなくてはなりません。

十七、あなたの創作における個性は、詩歌のプログラムをどのように変えましたか？

これは、僕が詩歌に対して成した貢献を、僕自身で総括するよう求めているのでしょうか？自画自賛するということにならないでしょうか？　しかし、もし僕が詩歌に対して何の貢献もしなかったと言えば、これまた謙虚すぎますか？　どうでしょうか？　だから、「博識」で「身の程をわきまえた」人たちから、「無知」で「身の程をわきまえない」と叱責される危険を再び冒して（叱責者は正統的な創作陣営からもやってくれば、非正統的な創作陣営からもやってきます）、少しばかり僕が体験したところの創作と精神の秘密を吐露するしかありません。こういう秘密は全く個人のもので、なかなか他人が分かち合えるとは思えないものかも知れません。さらに説明を要する点は、あなたのおっしゃる所の「詩歌のプログラムを変える」は、多分「中国詩歌のプログラムを変える」と「一般の意味における詩歌創作そのもの変える」という二重の意味を含んでいるのでしょうが、僕は後者の意味における「変える」についてだけ、僕の考えを述べてみます。というのも、前者の「変える」は、僕たちの、中国当代詩歌に対する理解と批判とに関わっているのに、含む内容は雑然としている上に月並みな話に陥りやすく、しかも僕の「思い上がり」と「無知」を繰り広げ易いからです。後者の「変える」が関わる問題は、相対的にいくらか純粋です。九十年代に入って以降、僕はいつも幾つかの問題に悩まされてきました。その一、理性と非理性との間に中間地帯は存在するか否か？「偽理性」と呼べるようなものはあるのか？ ロジックが僕に「偽理性」の存在をはっきり示してくれたら、出鱈目を指向できるのですよ！ その二、通常僕たちは想像によって、一つは形而下、一つは形而上、二つの方向をはっきり指し示します。それなら、想像は形而下を指向するのでもなく、形而上を指向するのでもないと言えるかどうか？日常生活において、自分がどこへ向かおうとしているのか、常に分からず、これは人を不安にさせることです。しかし、どこへ向かうのか分からない想像が、その純粋な楽しみでもって、どこへ向かうのか分からない生活を慰められるかどうか？ 僕はこのような想像を認める傾向にあります。その三、僕たちが自分と世界との関係に言及する時、僕たちは通常、はっきりと自分とあなたの関係、自分と彼の関係としますます。あるいは、この二つの関係にもう一つの関係、自分と自分の関係を補足する必要があるかも知れません。このように、詩歌は詩歌と向き合い、しかも詩歌を包み込むことができるし、僕は自分自身と向き合うことができ、しかも自分自身を包み込むことができます。そこでは、僕はもう常識の中の自分ではなく、詩歌ももう人々が見慣れた詩歌ではありません。

十八、あなたは詩歌の本当の価値はどこにあるとお考えですか？

詩歌は僕たちに再生の秘密をもたせます。

十九、詩歌は如何にして時代精神を（それがもたらす文化状況を）変えますか？

もし僕たちが、僕たちの思惟方法には変更が必要だと認めるなら、それならば詩歌は思惟方法を変える最良の手段です。詩歌には、社会生活に直接影響し、文化環境を変えた時代（例えば七〇年代末、八〇年代初の中国）がありましたが、通常の状態の社会、表面を見れば様々な可能性を有する社会にあっては、生活に対する詩歌の影響はきっと間接的です。それは、映画監督、踊り手、視覚芸術作品、スター歌手を通じて、その潜在的読者に届くでしょう。これは、僕たちが「詩歌」という言葉を狭義に理解することを承諾するか、それとも広義に理解することを承諾するかに関わってきます。あなたが、一行の下手な文章、一つのコピー、新聞雑誌の斬新な見出し、法律文書中の正確な用語に引きつけられた時、あなたは、あなたが詩歌に捕らえられたことを否定できません。

二十、一回の食事の方がいいですか、それとも一篇の詩の方がいいですか？

僕にはこの問いの含む意味がよく分かりません。詩人には基本的な創作条件が必要だと思います。一番いいのは、良い食事もあれば良い詩もあることです。ところが僕自身は、食べることの質に対する関心は、詩歌の質に対する関心には及びません。つまり、詩歌創作は僕の日常生活中の物欲に対して抑制を獲得させました。しかし、欲望は僕たちには根絶しようのないものです。僕たちは、身体のある部分の欲望を抑えると同時に別の部分の欲望をほしいままにさせることができ、同時にそのゆえに喜び、あるいは苦しむのです。だから僕たちは詩を読み、詩を書くのです。仏教徒が「我」の存在を否定する根拠は、「我」は僕たちの身体のどの部分にも存在しないということです。これは勿論その通りです。これと同時に彼らはまた欲望を克服しようと努力しますが、これは彼らが僕たちの身体には欲望というものがあると認めているということです。しかし僕は、欲望が即ち「我」だと思います。もし元々「我」が存在しないのだとしたら欲望は克服する必要がありません。欲望がなければ、「我」にはアンチテーゼがなくなり、アンチテーゼがなくなれば、「我」も存在しなくなります。「我」が存在しないとき、僕が詩を書くのを、誰が手伝うのでしょう?

二十一、詩人は解説してもらう必要があるでしょうか、どうでしょう?

人は飛ぶ鳥を解説し、飛ぶ鳥は空気を解説し、空気は天帝を解説し……これは解説が堂々巡りする世界です。但し、解説の過程は、事物の形を崩す過程にもなります。形が崩れた後にまた形が崩れ、元の形に戻ることがあるかも知れず、詩人に解説される必要があるかどうかではなく、詩人は必ず解説されるのであり、しかも解説の危険は誰にもある危険なのです。詩歌について言えば、それほど出色でもない詩は、時には出色の詩よりも解説に適するはずです。別の情況では、解説された詩中の二次的なものが、時には本来の重要なものを覆い隠すでしょう。それで一部の詩人たちは、読者が詩を読む時は彼らの直観による判断だけを頼りにすることに賛成しますが、僕は言いたいのです。直観による判断も解説ですし、しかも推理による判断よりもいっそう大きい闇雲な感じがあります。ところが、当然、この闇雲な感じは人を夢中にさせるものです。少なくとも僕にとってはそうです。

二〇〇一、九、四

付録Ⅱ
『歴史鑑四十章及びその他』（第十回〈詩歌と人・国際詩歌賞〉特集号（二〇一五年）より

潘家園骨董市幻想録

美しいニセモノ骨董は美しいのだろうか？　だが人のニセモノが美しいというのはあり得ることそれでもそれはニセモノである。

人のニセモノは心が荒れ果てている。たとえ人のニセモノが山に入り海に入っても海山と同じような心は集まってこない！

そうであるなら美しさは心から脱け出してもよいのだろうか？

そうであるならゴミ同然の本物の骨董は果たしてゴミなのだろうか？

それがゴミの価値だと認定する人が一言断言すればそれは即ちゴミうんそれはゴミだ。

つまり彼が無関心であるように見えてこそゴミの値段の支払いで済ませられるのだ。

ゴミの値段で戦国時代の削り刀を買えば戦国時代に竹木簡を削った青銅人を歯ぎしりさせられるだろう。

今日に生きる感覚で戦国時代の青銅人を振り返るなら、彼らは全員が生真面目でありグローバル化した世の中は馴染みのないものなのだろう。

彼らはどのようにして偉人になったのだろう？　不思議だ。

戦国時代は紀元前二二一年に終わった。

青銅の埋葬品は晋が呉を滅ぼした二八〇年よりも後のものだからそれだけでもうナンセンスなのだ。

二千年以上前の本物の骨董は二百年前の本物の骨董よりもより本物の骨董なのだろうか？

二十年前に贋作された骨董は今日に至ってもまだニセモノなのだろうか？

「日は方（まさ）に中すれば方に睨（かたむ）く」（太陽が真上に来るということはまさしく西に傾くということである）、恵子（注①）はそう言った。

君は喧噪の市場で一連の老荘哲学の問いを発したら恥ずかしくないだろうか？

君は恵子も恥ずかしい人間だと敢えて言うのだろうか？

彼が老荘哲学にふけって問いを発したのは喧噪の市場のなかだけではなかった。

彼が十五年間宰相の座に在った魏の宮廷においても、彼が二十回負け戦をした後の荒野においてもそうだった。

それなら三千年前の本物の骨董は余りに本物過ぎて本物ではないように見える？
それなら四千年前の禹王も本物ではない？
顧頡剛（注②）による伝説時代の解明は本物ではない？
たとえ尭舜禹三代の聖王が本物でも露店に整頓されたガラクタがその時代からやって来たと証明することはできない。

潘家園の空に浮かぶ雲はどれもその時の雲とおおむね似ているはずだ。

注①　恵子＝恵施とも言う。前三七〇年頃～三一〇年頃。詭弁に巧みで、荘周との交流があり、『荘子』天下篇七で恵子の句「日方中方睨」が引用されている。
注②　顧頡剛《こけつごう》＝一八九三年～一九八〇年。歴史学者。民俗学者。「擬古派」の創始者。『古史弁』七冊を著した。

……　……　……　……

ええっ？　贋作者は並々ならぬ高度な学問を獲得してやっとニセモノ制作ができるんだって？
墓荒らしの盗賊は巨大な肝っ玉を獲得してやっと古人の鼻と自分の鼻が出くわすような地下で松明

か懐中電灯を手にするんだって？


だが君は僕が物の真贋を見分けられないと思っているのか？

君は僕の知力に問題があると思っているのか？たとえ僕の知力に問題があったとしても僕の道徳意識に問題はない。


詐欺師と道徳模範とは顔立ちが似ている。彼らは一緒くたに「人類」と言う。

また詐欺師と道徳模範とを見分けるのは容易いことではないのではないかと思う。


詐欺師はこれを見分けるつもりがない。道徳模範はこれを見分ける時間がない。

是非にも見分けなければならないと熱い鍋の上の蟻のように慌てふためいてしまえばすなわち詐欺師でもなければ道徳模範の人でもないということだ。


また詐欺師と道徳模範の中間にある人間でもある。

また世界の動きを推し進める半神、次世代の健やかな成長に関心を寄せる半人でもある。

また八〇年代初めすでに土盛りの小山でぶらついていた潘家園どろぼう市場は長い間ずっと騒がしいままに今日の半幽霊になったのだ。

だが彼らは本物の人間なのかそれともニセモノの人間なのか？


ニセモノの人間は影が付き従う権利また身分証を申請する権利も要求する。

だが多数の身分証所持者は実はニセモノの人間なのだ。


さらに困難な問題が騒がしい市場には付随している。

本物でもありニセモノでもあり或いは半本物半ニセモノである人間はニセモノでもあり本物でもあり或いは半ニセモノ半本物の人間の権利を要求できるのだろうか？

これは饒舌でも幻想でもない。

何故なら半本物半ニセモノである対象物はキーツやシラーの〈真、善、美〉を情け容赦なく破壊してしまうからだ。


本物でもありニセモノでもあるものを理解したあの曹雪芹よ幻想の曹雪芹も半本物半ニセモノの物質道徳そして政治の世界については理解できなかった。

彼は半本物半ニセモノの埋葬品に出くわしたことがなかったのだろうか？　少なくとも彼は潘家園に来たことはない。


半本物半ニセモノの人間は半本物半ニセモノの幸福を追求し、

半本物半ニセモノの恋をし半本物半ニセモノの骨董を前にしてぽかんとし正義に関わる要求も半本物半ニセモノである。

彼らは半本物半ニセモノの世界で本物でもありニセモノでもある感覚を楽しむそれは一つの境地と言ってよい！

…… …… …… ……

土曜日か日曜日彼らは潘家園にやって来てぶらぶら歩きをしお宝を買い漁り掘り出し物を夢想する。ニセモノの人間本物の人間に出会い亡霊に神に出会い半本物半ニセモノの自分に出会い跳び上がるほどに驚いてまた見えなかったふりをする。

潘家園骨董市は北京の東三環南路潘家園橋西南に位置し、4・85万平方メートルを占める。主に骨董品、珠玉や宝石、工芸品、蒐集品、装飾品を扱い、年間売買額は数十億元に達する。市場は四〇〇〇余の営業店舗を抱え、商いに携わる人員は一万人に近く、そのうち六〇%の経営者は北京以外の28の、省、市、自治区から来ており、漢族、回族、満族、苗族、侗族、ウイグル族、チベット族、モンゴル族、朝鮮族など十数の民族に及んでいる。

——百度百科

潘家園は一二〇〇の時代が積み重ねられてきたゴミの山。

一二〇〇万の夢想家がそのゴミの山をすべて三代聖王の大空の下に並べる。


官僚がやって来ればまるで社長。教授が来ればまるであまり進歩のない古参学生。

遊び歩くゴロツキと悪徳警官が来ればオレオマエの仲。

ネットに店を開いた人間および店を持たない伝説の猛獣が来ればその者たちは本物ニセモノに通じていて食べても排泄はしない。


ニセモノの骨董ばかりを買う人間彼らは本物のまぬけなのかそれとも別に狙いがあるのか……それは分からない。

潘家園は三代聖王の天の目を眩ませる。


やれやれ魚と龍が混在している地で何を魚とし何を龍としよう？

魚は喜んで龍に変身し龍は喜んで魚に変身するというのだろうか？

逆から考えてゆく理性が言うにはおよそ魚に変身することを考えないものがきっと龍だ。龍ならば牙をむき出し爪を振るう或いは寝ぼけ顔の目がぼんやりしている。

寝ぼけ顔の目がぼんやりした人間もやって来る。

彼は本物ニセモノの世界を経験し見聞を広めてきたので倦み疲れてしまい災いを招きがちだからと没落すれば付き従う者も去ってしまうような世間からは足を洗ってしまった。


彼があらためて潘家園に顔を出すと身中の快楽の虫がたちまち復活する。

彼は昔なじみを見つけると公衆トイレへ行って古くなった小便を出す。

ペテンにかけた人間に出くわしても平然。

露店費徴収の管理員に出くわして言う「へへへ、おれは金の盥で手を洗っている。もうやらないよ。」


……　……　……　……

交易の地。法家の公孫鞅が反対したその交易の地。毛主席が反対した交易の地ということでもある。

古を以て毛主席を以て交易をおこなうそれが潘家園なのだ。

ニセモノの古を以て交易をおこなうそれが毛主席死後の混合経済時代の潘家園なのだ。

ニセモノの骨董も労働の成果なのでありコスト計算を免れることはできないがそれを売る人間は道に反している。

そして本物の骨董の多くは盗掘によって得られるがそれも道に反している。

潘家園は全体が道に反する場所に他ならない。それが何故に人を夢中にさせるのだろう？

朱に交われば赤くなる。市場で警備員をする田舎の人間もその気はないのに骨董専門家の後継ぎとなる。

文化の老専門家も文化がすっかり廃れたら誤魔化されるしかないのだ。

申し訳ないことだけれども潘家園も人を騙す場所なのだ。


潘家園はハッタリが利いて法律も見て見ないふりをする場所でもある。

道に反するニセモノの骨董に対して法律はうなずいて通行を許可するのだ。

ニセモノの骨董は買い取る者を憂鬱にさせるけれどもそれは畢竟人の命を奪いもしなければ国家に損失を与えたりもしないのだ。


そこは知識を増やす場所でもあり正しい知識と間違った知識を増やしている。


それは金持ちがときどき愛顧する場所でもある。

あらゆる露店商人は御了察を願いいちいち申し上げませんという面持ちで心の内が表に出ない金持ちを待つのだ。

最も好ましいのは間抜けな金持ちだ。ゴドー（注①）も間抜けなのだ。

それは管理されている場所でもある。管理人がスピーカーを通してお客様におかれましては騙されることなきよう御忠告申し上げますと型通りのお役所仕事をする。

だが潘家園に入って騙されないとでもいうのだろうか？

あっちでもこっちでも露天商たちがそれが習慣になったかのようにひっきりなしに神にかけて誓うのを聞けば自分が潘家園で貴重な大切な世を生きているのだという気分になる。

それは都市と農村でもあり農村と外国でもあり現在と古代でもあり現在と現在の結合する場所でもある。

だからそれは現在ではなく古代ではなく外国ではなく農村ではなく都市でもない。

注①　ゴドー＝サミュエル・ベケット「ゴドーを待ちながら」の「ゴドー」。

……　……　……　……

貴重な大切な世の中を生きているのであるなら信じなければならない。真っ当な人は永遠に多数派なのだ！

小商いたちがやって来れば盗掘品を売りさばく者詐欺師それに泥棒もやって来るということだ。三輪自転車が不用品を降ろすということだ。

99.9% のニセモノ骨董と 0.1% の本物ゴミの試合になったらどちらがよりよい値段で売れるのだろう?

潘家園の値段だけは気持ちの値段もしくは心情の値段なのだ。

紅河石斧から文革腕章まで六〇〇〇年はどこもすぐ隣にある。

六〇〇〇年がすぐ隣であり得るというのは即ち六〇〇〇年に対する想像によってすぐ隣であり得るということだ。

社会主義市場経済の大工事現場は六〇〇〇年をまるでおかず一皿であるかのように呑みまた吐き出した。

全国各地から人が贋物を売り盗品をさばくために潘家園にやって来る。

全国各地のニセモノづくりの衆、盗掘の衆はえびす顔で財をなす。

そして盗掘する墓がなくなれば道徳的な生活をしつつニセモノを売る。

日除け傘の下で露天商たちは四方山話をしながら他の同業が稼ぐとニコニコしてまるでそれが自分

の金であるかのようだ。

他の同業が嫁をもらったことに話が及ぶとニコニコしてまるでそれが自分がもらった嫁であるかのようだ。


その実みんなそれぞれ「詩情豊かに住まう」ことを夢見ている。


「詩情豊かに住まう」には人生を悟るところの陳腐で空疎な言葉を借りる必要がある。

まさしく道徳に符合する陳腐で空疎な言葉。

しかし道徳に符合する陳腐で空疎な言葉は人を損なうことになるだろう。


見よ。ニセモノを売る者が本物の金だけを手にするのは「詩情豊かに住まう」ためなのだ。

ニセモノの金はたぶん本物を売る商人の手で数えられるだろう。何故ならニセモノの金を弄する者も「詩情豊かに住まう」ことを追及しているからだ。

彼らはこれまでハイデッガーのことを聞いたことがない。ちょうどハイデッガーが潘家園のことを聞いたことがないように。


ニセモノの金を弄ぶ者がもし本当にニセモノの骨董を買おうというのなら彼はきっと本当の聖人であるに違いない。

三門峡からやってきた蘇さんはほとんど聖人だ。ゴミの値段でゴミ物品を売って好い評判を得ている。

彼の稼ぎには限りがありきっと心中穏やかでなくますますユーモアの余裕がなくなってきている。

彼は既に百回ニセモノを売ると宣言したが、それでもニセモノを売ることによってより道徳的になったというわけでもない。

他の同業がニセモノを売って得た潤いのある生活は彼を一歩一歩道徳の端っこへと移動させた。

「何てザマだこの世間は！　ニセモノばかりが美しいだと素晴らしいだとそいつばかりが必ず人の好みを引き寄せるだとコノクソ野郎！」

彼はすでに百と一回ニセモノを売ると宣言した。

道徳の端っこに立つ彼は銀の盥のような神が身の回りに立つのを見ることはなかった。

彼はしばしば居なくなるが、そのとき道徳という境界を超えるのかどうかは分からない。

…… …… …… ……

居なくなるとき彼はもしかしたらニセモノの人間で、
神が再び彼を捕まえ本物の人間に変えもどしてから潘家園へ送致するのかも知れない。

引っ切り無しにしゃべり蘇さんは疲れてしまうが停止三秒間また天地歳月が勢いよく現れるのを待って話を続ける

「この唐代の銅かんざし百元あんた要らないか？

わしの息子の嫁さんは私立の教師で稼ぎは月二百元あんたそれも高いと言うのかい？」


蘇さんは血走る眼で騒々しく沈黙しているとこの世界から飛ばされてしまうような気がするのだ。

彼の観るところ世界とは即ち人の群であり人の群のうちに居ないというのは恐ろしいことだ。

やむを得ず一人道を行く一人酒を飲む一人歌うそれは恐ろしいことだ。


休まずにしゃべらなければならない。

鳥たちも休みなくしゃべるから決して高く飛ばないのだ。鳥が空高く休みなくしゃべるのを誰が聞いたことがあるというのだろう？

風もしゃべっている。だが時には止む。


……　……　……　……

亡びようのない過去の世界。

「油炸鬼」（注①）は似せて作る。もしくは古い玉の類は三十分間煮沸して蘇らせる。

あたかも冥土が自由に往来できる場所であるかのようだ。

唐代は遠くない。漢代も遠くない。戦国時代人は全員が立ち上がった。

孟子と荀子が見えた。劉安（注②）劉向（注③）劉歆（注④）と劉義慶（注⑤）が見えた。

「劉向は経を伝えて心事違えり」（今の劉向ともいうべきおのれは経書を後世に伝える仕事をしようとしたが、その願いはくいちがってしまった）（杜甫秋興八首）。

劉歆は王莽を助けて『左伝』（注⑥）を歪曲しその影響が今に至っている。

潘家園の人間は見る物多く知識は幅広くそれは幽鬼に対する見識も含んでいるが幽霊のことをしゃべる者はほんのわずか、
一旦しゃべり出したら自分のことをしゃべってしまうのを恐れているのだ。
幽鬼はニセモノにはならない。自分からニセモノだと称してもいいのだろうか？
幽鬼がニセモノであるなら人民元はニセモノなのだろうか？

真珠を売る女性が私は本当に幽霊に出くわしたよと言う。その幽霊は背が高くて我が家の玄関に来たけど頭が入口の木枠より高くてね入って来なかった。入りたくなかったのかも知れない。私を吃驚させようとしたのかしら注意しようとしたのかしら。私はお寺に行って七七四十九日お香を焚いたよ。彼の物品を天地に返してやった。それから彼は来なくなったよ。

干宝編の『捜神記』巻二十には阮瞻が平素から無鬼論に固執していた話を載せている。客人が訪ねて来てくつろいで話していたがその客人は甚だ弁舌の才があった。鬼神のことに話が及び客人は阮瞻に言い負かされた。そうすると彼は色をなして「他でもない僕が幽霊なのだ！」と言って須臾にしてかき消えた。阮瞻は黙然とし顔色がすぐれなかった。一年余りで病死した。

だが潘家園は死を軽視する場所でもあり、
無神論者が高遠なテーマなど持参せずむしろ空論をもてあそぶ場所でもあり、
有神論者が神に許しを請い願う場所でもある。

仏、菩薩、キリスト、天使、氏神、福の神、関帝、文曲星（注⑦）が潘家園にはぶらついている。
彼らの木像石像銅像は日除け傘の下で一言も発することなくあるものは座りあるものは立っている。
彼らには陝西行商人の「オレは端た金は要らないよ」が聞こえるので盗掘で手にした西周の青銅食

器を350万の値を付けて売ろうとするのだ。

彼らには天津行商人が神にかけて誓うのが聞こえる。「これはもちろん古い瑪瑙だよガラスじゃないよ。ガラスだったらワシが食べてやるよ!」

注① 「油炸鬼」＝油条(中国風揚げパン)の広東・福建地方での呼び名。
注② 劉安＝前一七九年〜一二二年。淮南王。前漢高祖の孫にあたる。『淮南子』その他を編集。
注③ 劉向＝前七七年〜六年。前漢末の学者。目録額の始祖と言われる。『説苑』など。
注④ 劉歆(キン)＝?〜二三年。前漢末の学者。父の劉向とともに『七略』を撰した。王莽を殺そうとして謀が漏れ、自殺。
注⑤ 劉義慶＝116ページ注参照。
注⑥ 『左伝』＝『春秋』(孔子など)の解説本『春秋左氏伝』のこと。左氏は左丘明のこと。
注⑦ 文曲星＝星の名。文運を司るとされる。

…… …… …… ……

ニセモノをあっせんする人間は自分自身をあっせんしてニセモノの人間にする。

死人の副葬品をあっせんする人間は自分自身の死だってあっせんする。

死ぬ前に彼は本物の薬を使うよう求めるがそれが人情というものだ。死ぬ前に彼は万事が空であることに向き合うがそれは一般の知力が到達してもよいことだ。

彼が最後にさっと星空を眺めるのはその星空に入る前であり星空に身を置く人は地球を振り返ることができるだけでその他の星は見えないと言われている。

彼がびくびく恐がるというのは全く間違いのないことなのだ。遠く星空を眺める彼の崇高な感じも全く間違いのないことだ。

崇高感がやって来るのは余りに遅い本物か贋物かを御破算にする未来がいきなり顔を出すまでずっとだ。

古代においては死者は墓泥棒を恐れた。とりわけ天を戴き天命を引き受ける帝王は墓泥棒を恐れた。ところが今の墓泥棒は公安局を恐れ公安局は国家主席を恐れる。

国家主席は別の国家にあっては大統領なのであり古代にあっては皇帝なのだ。

主席を務めること大統領を務めること皇帝を務めることはどれも同じ感じなのだろうか?

君　袁世凱かナポレオンに訊ねてみたら!

君　過去未来については運勢占いに訊ねてみたら！　君幸運災難長寿短命については和尚道士に訊ねてみたら！
君　出世金儲けについては気功の大先生に訊ねてみたら！　愛の満ち引きについては人の心が分かる姉さんに訊ねてみたら！

金儲けに対する執着は仏に対する執着を妨げない。だが仏には執着するものがない。
君は訊ねてはならない！君は口が開くのをしばし待て。

……　……　……　……

潘家園の風は潘家園の古今の人々の影を吹いている。
『史記・伯夷列伝』はたとえ茶葉の水で黄ばんでいても天地の間の大文章である。
潘家園の司馬遷は茶葉の水を恐れない。

だが司馬遷の寂寞は五人の覇者つまり戦国七国の寂寞に他ならず
古戦場と帝王陵墓の寂寞つまり今どきの天暗く毒気立ち込める市場の寂寞に他ならない。

曾て寂寞の清東陵に孫殿英（注①）の土匪兵がやって来た。

爆薬の包みが陵墓の地下宮を爆破した後に土匪兵は慈禧太后の口中の夜光の真珠を引っ掻き出した。

その後山々は元通りの寂寞となり荒野は元通りの寂寞となった。虫たちは競って鳴き軍閥は中国の大地に入り乱れて戦った。


だが一八〇〇年前のこと。曹操の大軍は馬が作物を踏み荒らすのを許さなかった。

彼は能力のある者や名士を募るのに徳性を問うことなく古い墓についても絶対に見逃さなかった。

彼は死者に向かって兵士の給料を要求して中国半分を奪ったが半分の中国を手にしただけでもあった。へえー。


余りにも多く恨みを買った死者。彼は簡素な葬式を言い付けた。

一八〇〇年後その墳墓が発掘された時の墓室内の金目のものは瑪瑙の珠一つだけだった。

墓は河南省安陽の西高穴にあった。本物の墓か？　ニセモノの墓か？　それとも他の人物の墓か？

河南省政府は観光開発ができるようそこに保護の看板をかけてやった。

ラジオから聞こえる『三国志演義』の講談は今に至るまで放送が取り止めになったことがない。講談語りの仕事は既に亡くなっているのに。

本物とニセモノ。寂寞の副葬品。

半本物半ニセモノである副葬品は同じように寂寞の風雨。陽の光そして星の光の恵みを受けている。

だがたまに人骨と獣骨が見つかる荒野にはそれに加えて「最も美しい音色が終には消え入って行く」(『老子道徳経』)山々がある。すなわち寂寞そのものがある。

注① 孫殿英=一八八九年〜一九四七年。河南省永城生まれ、中華民国の軍人。

付録Ⅲ 西川創作活動年表

一九六三年
三月　江蘇省徐州市に生まれる。父母はいずれも山東省の人。
一九六六年
文化大革命開始。
春、母に連れられて徐州市から山東省泰安市障城の原籍地に戻る。最初の記憶は、牛小屋で母牛が子牛を産むのを見たこと。
一九七〇年
五月　北京へ。
一九七一年
二月　北京市海淀区羊坊店街道七一小学校入学。
一九七四年
二月　北京外国語学院付属外国語学校を受験。小学四年生となる。全寮制で、当時もう北京に幾らも残っていない、なお授業秩序を維持することのできた学校であった。但し、学内には養豚班も編制されていて、生徒は夏の三ヶ月（旧暦）、秋の収穫時期に、農村へ農作業をしに行かなければならなかった。「学農（農業に学ぶ）」と言った。

六月　〈批林批孔〉運動が始まり、批判資料とされた『三字経』を読むことができた。〈評法（家）批儒（家）〉運動の展開により、いわゆる法家に関する歴史資料に接することができた。

一九七五年

八月　『水滸伝』批判が始まり、批判資料として印刷された『水滸伝』を読むことができ、夢中になる。

十一月　〈右傾翻案風〉（右に覆そうとする動き）への反撃が行われる。北京市の「西四北」小学校の児童政治童謡のリードにより、北京の全ての小学生が政治童謡を書き写した。

一九七六年

伝統絵画を描き始め、古典詩を作ることを学ぶ。

学校が運営する校内工場で旋盤技術（部品の切断）を習得する。学校付近の豆製品加工工場で、労働者が豆粕をひっくり返したり、豆腐を揚げたりするのを手伝う。「学工（工業に学ぶ）」と言った。

四月五日　〈天安門四五運動〉。

七月　唐山大地震。避難小屋に移り住む。カバンには『水滸伝』、『三国志演義』、『紅楼夢』、『西遊記』、『封神演義』、『鏡花縁』を入れ、既に本の虫だった。

九月九日　毛沢東死去。小学生代表として天安門広場の百万人追悼大会に参加。文化大革命終結。

一九七八年
十月　海淀区少年宮、北京市少年宮で絵画を学ぶ。
　西単に〈民主の壁〉出現。
一九八〇年
　『詩刊』に古典詩を投稿するも応答なし。
十二月　区県レベルで第一回代表選挙。北京外国語学院で候補者の立会演説を聴く。
一九八一年
二月　〈外国語教育と研究〉出版社が、林三松（外国語学院付属校国語教員）等による『作文指導』を出版し、西川の中学時代の作文二篇を模範文として収める（署名は本名）。
九月　北京大学西欧語系英文専攻（英文専攻は八四年になって英文系として独立）に入学。中訳の『聖書』を北京大学図書館開架閲覧室で初めて読む。文学に対する興味は、中国古典文学から中国現代文学と外国文学へと方向転換した。
一九八二年
　大量の西欧古典文学作品を読む。
五月　四人の学生仲間と合同で、ガリ版印刷詩集『五色石』を出す。
九月　『五色石』の仲間五人で、再びガリ版印刷詩集『初秋』を出す。
十月　〈北大美術社〉に参加。
十月　〈北大五四文学社〉に参加、詩人駱一禾と知り合う。北島等の編集する、非公式の刊行物《今天》と交流。一部の作品が〈北大五四文学社〉刊行の『大学生文学作品選』に所収。

一九八三年
春、詩人海子と知り合う。

九月　ガリ版印刷による西欧語系学生文学刊行物《ミューズ》の編集を引き継ぐ。

十月『五色石』仲間と共に、他校詩人鏤克等と知り合い、タイプコピーの《詩歌交流資料》第一期を出す。

十二月《詩歌交流資料》第二期を出す。

一九八四年
一月　鏤克等《朔漠》第一期をガリ版印刷し、西川詩一篇を掲載。

四月　北京大学第二回未名湖詩歌朗読会に参加。「秋声」の朗読により創作一等賞、朗読二等賞を獲得。

四月《朔漠》、第二期を出し、西川詩一篇を掲載。

十月〈北大五四文学社〉、西川のために、詩歌特集『星柏之路』をガリ版印刷する。

十一月　未名湖第三回詩歌朗読会に参加。「人説……」の朗読によって創作一等賞、朗読二等賞を獲得。

十二月　英文系〈ナイダー翻訳コンクール〉で、エマーソン「詩人を論ず」の翻訳により、三等賞を獲得（「ナイダー」は米の著名な翻訳理論家名による）。

国内文学刊行物に大量投稿する。多くは返却。

一九八五年
春、〈北大五四文学社〉、老木編『新詩潮詩集』（二巻本）を内部出版。西川詩二篇所収。

三〜四月　北京大学にて長詩「雨季」を創作。
六月　月刊誌《広西文学》に詩篇「鳩」を発表。併せて当誌の主催の〈大学生文学創作コンクール〉で、詩歌第一位を獲得。
六月　北京大学英文系卒業後、北大〈甘粛支援頭脳奉仕団〉に付き従い、甘粛省蘭州、酒泉（一ヶ月間、現地の英語教員養成を支援）、嘉峪関、敦煌へ赴く。その後蘭州に戻って集合。すぐさま同級生と連れ立って青海省西寧、哈尔蓋を旅行。八月、帰京して新華社国際部に報告、直ちに新華社実習記者として山西省太原に赴き、加えて相前後して太原を起点に五台、運城、永済、芮城、風陵渡、呂梁、大同、陝西省米脂、綏徳、河南省洛陽、登封、嵩山、鞏県、内蒙古呼和浩特、包頭、阿騰席連、霍洛蘇木、四川省成都等の地を旅行。翌年一月帰京。
八月　杭州で余鋼、梁暁明がガリ版刷りの『十種感覚』を編集。西川詩五篇所収。
八月　上海で民間刊行物《大陸》創刊。西川詩一篇を掲載。
冬、貝嶺、孟浪がガリ版刷りの『当代中国詩歌七十五篇』を編集。西川詩一篇所収。

一九八六年

二月　月刊誌《詩神》に詩「ハルカイで星空を仰ぐ」を発表。
六月　北京大学仲間、詩人海子と合同でガリ版刷り詩集『麦畑の瓶』を出す。
七月　職場のコピー機を利用して、私家版の小詩集『移行』を作成。
八月　月刊誌《中国》に詩二篇を発表。
八月　月刊誌《山西文学》に組詩「水上の祈り」を発表。
九月　《詩歌報》と《深圳青年報》合同開催の〈中国現代主義詩歌大展〉に参加。

十月　《詩選刊》に翻訳作品「当代ブラックアフリカ詩選」を発表。
十二月　季刊誌《黄河》に「我が住む都市」(詩六篇)を発表。
十二月　学園紛争。
一九八七年
一月　隔月刊《十月》に長詩「雨季」を発表。詩人駱一禾が、北京大学の同窓生であり、《十月》の編集者であるということで、序文を書く。
三月　《詩刊》に詩四篇を発表。
六月　春風文芸出版社、唐暁渡、王家新編『中国当代実験詩選』を出版。西川詩四篇所収。
八月　詩刊社が北戴河で開催した第七回〈青春詩祭〉に、陳東東、欧陽江河、簡寧等と共に参加。
九〜十月　訳出の「二十世紀英国詩選」を《詩選刊》が二回に分けて発表。
十一月　《詩刊》に「挽歌」を発表。
一九八八年
四月　訳出の「英米戦争詩抄」を、隔月刊《昆侖》に発表。
七月　楊煉、芒克の組織した「北京〈生存者〉詩人クラブ」の活動に参加。
八月　『ボルヘス八十才の回想』を中国語訳(最初の翻訳原稿は、米国インディアナ大学出版社一九八二年版、Willis Barnstone編、による)。
九月　隔月刊《花城》に組詩「黄金海岸」を発表。
九月　「雨季」により第三回《十月》文学賞受賞。
秋、陳東東、老木等と小詩誌《傾向》を創刊。

一九八九年

一月　《世界文学》に随筆「パウンド点滴」を発表。

三月　二十六日、海子自殺。

五月　三十一日、駱一禾死亡。

六月　四日、〈六四〉。

八月　河北人民出版社、陳超著『中国探求詩鑑賞辞典』を出版。西川詩六篇所収。

一九九〇年

　春、《傾向》、海子、駱一禾一周年記念特集号を印刷発行。

八月　《花城》に「七つの夜」（詩七篇）を発表。同誌同期に、駱一禾「遺贈」（長詩二篇）、海子「最後の詩篇」（詩十篇）を発表。

九月　肖開愚、孫文波編集の《反対》通算第九期、西川を特集。

十月　西安に行く。崋山に登る。

一九九一年

一月　月刊《人民文学》に「幻影」（詩四篇）を発表。

一月　月刊《中外文学》に、訳出の「エズラ・パウンド早期詩選」を発表。

二月　安徽文芸出版社、『東方金字塔——中国青年詩人十三家』を出版。西川詩十六篇所収。

　夏、《傾向》、第三期を印刷発行。西川詩七篇掲載。その後、停刊させられる。

九月　北京大学同窓生の詩人戈麦自殺。

十月　中国文聯出版公司、西川詩集『中国の薔薇』（半自費出版。存在する必要のない詩集）を出版。印刷数三百。
冬、唐暁渡、林莽、鄒静之と共同で《現代漢詩》（一九九一年冬号）を編集。当号は西川の随筆「悲劇の真理」（随筆集『覆面者に語らせよ』に収めるとき、題名を「悲劇の憶説」とした）を掲載。

一九九二年
一月　月刊誌《外国文学》に、訳出のニュージーランド詩人チャムス・K・パクストの「秋の書」を発表。
五月　《人民文学》に詩「十二羽の白鳥」、「荒野の一日」、「家屋」、「人は老いる」を発表。
七月　湖北省襄樊に滞在。後に宜昌から乗船、三峡を経て奉節県へ遡る。
七月　月刊誌《北京文学》に「予感及びその他」（詩七篇）を発表。同誌同期に海子の「村落」（詩七篇）駱一禾の「アジアの灯籠」（詩五篇）を発表。
九月　周倫佑主編の《非非》復刊号、西川「敬意を表す」のうちの数節を掲載。
秋、北京大学同窓生、詩友張鳳華、深圳で自殺。
十一月　雑誌《読書》に随筆「ユートピア覚え書き」を発表。
十二月　肖開愚、孫文波編《九〇年代》巻頭に「敬意を表す」全文。
十二月　長詩「遠出」により、《上海文学》賞》（一九九〇年〜一九九一年）受賞。

一九九三年
六月　新華社から北京中央美術学院に転属。
八月　四川教育出版社、万夏、瀟瀟編『後朦朧詩全集』を出版。西川詩四十篇所収。

夏、《南方詩誌》、西川訳「九国九名女性詩人の九篇」を掲載。
十月十四日　《遠東経済評論》、海子の西川訪問インタビューを発表。
十二月　上海文芸出版社、『当代青年詩人十家』を出版。西川詩十八篇所収。

一九九四年
一月　《花城》に長詩「敬意を表す」を発表。
二月　月刊誌《西藏文学》に「哈徳門（北京の崇文門の俗称）ノート」（詩六篇）を発表。
二月　《人民文学》に「空想の家系図」（詩五篇）を発表。
五月　月刊誌《東方》に文章「当代の詩人は一人進むしかない」を発表。
六月　米国ウェスリアン大学出版社、Tony Barnstone等の翻訳による当代中国詩選『Out of the Howling Storm』を出版。西川詩六篇所収。
七月　成都科技大学出版社、沙光等の主編による『中国詩選』を出版。西川組詩「近景と遠景」所収。
七月　第二回〈現代漢詩賞〉受賞。
八月　河南、森子編集の《陣地》、西川詩五篇を掲載。
十月　《人民文学》賞〉受賞。
十二月　隔月刊《大家》に長詩「芳名」を発表。（後にその一部が作曲家郭文景によって作曲され、彼の無伴奏合唱「大地の木霊」に入れられ、二〇〇一年オランダで初演。

一九九五年
四月　人民文学出版社、西川編集整理による『海子の詩』を出版。

四月　月刊誌《作家》に「時間：一九九〇年——一九九四年」（詩九篇）を発表。
六月　招聘によりオランダ第二六回ロッテルダム国際詩歌祭に参加。ライデン初訪問。その後、個人的にベルギーのヘント、ブリュッセルを訪問。
十二月　月刊誌《山花》に、論文「詩学における九個の問題」を発表。
一九九六年
一月　《《山花》理論賞》受賞。
一月　《大家》に「もう一つの我が一生」（詩八篇）を発表。
一月　《人民文学》に長詩「訪問」を発表。
一月　ベルギー、フラマン語雑誌《Poeziekrant》、Iege Vanwalle訳の西川詩六篇を発表。
六月　オランダの雑誌《De Gids》、Maghiel van Crevelのオランダ語訳「敬意を表す」を発表。
七月　日本《中国研究》通算第一六期に、論文「マルコ・ポーロの旅は中国にまで及んでいない、から説き起こす」を発表。
十月　英国《Times Literary Supplement》、John Cayley英訳の西川詩「予感」を発表。
十一月　カナダ外務省〈外国芸術家訪問計画〉とサスカチェワン州作家協会の招待客として、サスカツーン、リジャイナ、カルガリーを訪問。
一九九七年
一月　《学術思想評論》第一集に論文「生存の立場と創作の立場」を発表。
二月　上海三聯書店、西川編『海子詩全編』を出版。
三月　改革出版社、西川詩集『秘密の合流』を出版。

三月　日本の詩誌《詩と思想》、秋吉久紀夫訳の西川詩三篇を発表。
五月　中国和平出版社、西川詩集『空想の家系図』を出版。
七月　人民文学出版社、『西川詩選』（後に書名を『西川の詩』と変えて一九九九年に再出版）を出版。
八月　湖南文芸出版社、西川詩集『大意はこうだ』を出版。未発表の長詩「凶運」所収。
八月　上海東方出版センター、西川随筆集『覆面者に語らせよ』を出版。
十～十二月　国連ユネスコアチボグ奨学金を得てインドに赴き、ニューデリー南郊の Sanskriti Kendra に逗留。加えて三ヶ月間に前後してアグラ、マドゥライ、ジャシン、カジラホ（遺跡）、バラナシ（ベナレス）、ウダイプル等の地を旅行。
十一月　招きに応じてニューデリーから仏国パリへ発ち、第四回ワルトマーニュ国際詩歌祭に参加。インドに戻る。
十二月　月末に帰国。
一九九八年
一月　《北京文学》に、散文「生命の物語」を発表。
五月　月刊誌《天涯》に、随筆「叙述しがたい旅」を発表。
九月　北京大学ガルシア・ロルカ生誕百周年記念会で、「ガルシア・ロルカの魅力」を講演。
一九九九年
一月　月刊誌《湖南文学》に、「必要な急進、必要な虚無」（詩七篇）および西川に対する簡寧のインタビューを発表。

二月　オランダの映画監督 Bridget Hillenius が、撮影制作グループを率いて訪中し、ドキュメンタリー「中国詩人」（芒克、于堅、西川）を撮影。

二月　第三回〈愛文文学賞〉を受賞。

四月　春、香港中文大学《訳叢》Renditions、英訳（クレイ訳）「敬意を表す」を発表。

四月　《山花》に長詩「鷹の言葉」を発表。

五月　〈盤峰詩会〉に参加。

六月　スペインの雑誌《Ficeiones》が、西川詩二篇を掲載。

十二月　秋、オランダの雑誌《Armada》が、クレイ訳「凶運」を発表。

オランダの雑誌《Raster》通算第八十八期が、クレイ訳「鷹の言葉」を発表。

百二十三カ国、二千五百の論文参加の、ドイツワイマール世界論文コンクールで、「過去の解放を通じて未来を解放する」により、第七等賞。独訳が《Lettre International》に発表される。他に英訳、ブルガリア語訳、ハングル訳がある。

二〇〇〇年

一月　《中国図書商報　週刊書評》の勧めに応じ、当紙に長文「高歌するのは誰？·小声で吟ずるのは誰？·」を発表して、千年来の世界の詩歌を総括する。この文章は後に、台湾《聯合文学》（六月号）により転載。

一月、四月　映画監督、賈樟柯の『プラットホーム』撮影グループに従って山西省汾陽に赴き、県の〈文工団〉団長の役に扮する。

六月　ドイツ連邦文化基金会の招請を受けてドイツに赴き、三ヶ月を期限とする学術研究を行う。

ベルリン南部のKunstlerhaus Schloss Wiepersdorfに宿泊し、期間中、ポツダム、ワイマール、ライプチヒ、ハイデルベルク、ケルンを旅行し、さらにオランダのライデンを再訪。
九月　《人民文学》に散文「私の住む都市を想像する」を発表。
十二月末　再びドイツに赴き、私的な訪問をする。ミュンヘン北部のダッハウに滞在。
二〇〇一年
一月　バイエルンおよびオーストリアのザルツブルグを巡り歩き、アルプスのツークシュピッツェ山に登る。春節はベルリンに滞在、後にイタリアのローマ、フローレンス、ベニスを旅行し、二月北京に戻る。
一月　隔月刊誌《当代》に、長詩「景色」を発表。
一月　商務印書館の季刊《中国学術》に、文章「拭い去れない焦り」を発表。
三月　広西教育出版社が、西川批評解説の『外国文学名作案内・詩歌巻』を出版。
四月　天津百花文芸出版社が西川散文集『水溜まり』を出版。
四月末　ブラジル、サンパウロに赴き、〈責任、多元、団結の世界を建立する――世界大同盟〉により開催された芸術家、知識人大会に参加。会の後、リオデジャネイロへ行く。リオで、観念詩劇「私の空」完成（本劇は上海映画グループ会社の招請に応じて書いた）。五月中に北京に戻る。
六月　インド、ムンバイの雑誌《Gentleman》、英訳の「敬意を表す」を発表。
九月　翌年四月まで、月刊誌《今日の芸術》、〈今日の詩歌〉欄を受け持つ。毎月一篇、「詩人はどのように暮らすか」、「民刊：中国詩歌小伝統」、「Poetessから Woman Poetへ」、「中国語詩

九月　歌を英語に」等の短文を連続して発表。
十一月　第二回魯迅文学賞受賞。
十二月　《山花》に、随筆「バベルの塔を読み解く」を発表。
北京中山音楽堂大型詩歌朗読会の代表ライターを担当。

二〇〇二年

八月　紀行散文『遊蕩と閑談』完成。
八月～十二月　米国Freeman基金の奨学金を得て、小説家の李鋭、蔣韵、舞台監督の孟京輝等と共に米国アイオワ大学に赴き、〈国際創作計画〉に参加。その間前後して、アイオワ州立大学、ニューヨーク大学、コロンビア大学、イェール大学、シカゴ大学、プーラン大学、マサチューセッツ大学で、朗読、講演、座談をし、さらにシカゴ人文芸術祭に参加。長詩「鷹の言葉」がニューヨーク演劇工房により上演。
十一月　イタリアの雑誌《Poesia》が巻頭で、Paola Vanzo（万宝蘭）訳の、西川「敬意を表す」と于堅の詩を発表。
十二月　《大家》が『遊蕩と閑談』巻一を刊行。

二〇〇三年

一月　《大家》が『遊蕩と閑談』巻二、巻三を刊行。
二月　隔月刊《長城》に、論文「過去の解放を通じて未来を解放する」を発表。
五月　『ミヲシュ辞典』前半部を中国語訳する（初稿。後半部は北塔による翻訳。Madeline G・Levineの英訳に拠って重訳。Farar Straus and Giroux／NY・二〇〇一年版）。

九月　《今日》通算第六十二期、西川と張旭東の対話録「中国当代詩歌の倫理政治」を発表。
十一月末　北京第一回国際DV論壇の作品表彰に関わる。
秋、米国 Seneca Review、クレイの英訳「鷹の言葉」を発表。
十二月　第九回荘重文文学賞を受賞。
二〇〇四年
一月　作家出版社、西川訳『ボルヘス八十才の回想』を出版。
一月　上海書店出版社、『遊蕩と閑談：一中国人のインド行』を出版。
一月　ドイツ Prejekt Verlag 出版社、Brigitte Hohenreider と Peter Hoffman（何致瀚）による翻訳の西川詩集『鷹の言葉』を出版。
一月　《山花》に「現実感」（詩九篇）を発表。
一月　《十月》に論文「ミヲシュのもう一つの欧州」を発表。
四月　フランス Circe 出版社、Chantal Chen—Andro（尚徳蘭）と Martine Vallette—Hemery 翻訳の中国新詩選『Ciel en Fuite』を出版。西川詩七篇を収める。
四月　デンマークのコペンハーゲン、オールフスへ赴き、〈デンマーク中国詩歌祭〉に参加。デンマーク Arena 出版社、新中国詩選『Nye Kinesiske Digte』を出版。Lene S・Bech 訳「鷹の言葉」を収める。
六月　三聯書店、西川、北塔訳『ミヲシュ辞典』を出版。
六月　第一回《新世界》国際詩歌賞・啓明星賞受賞。
八月　中国詩歌学会と中坤投資グループ主催により、新疆ウルムチ、クチャ、パイチョン、アクスー、ウェンスー、パーチュー、アルツシ、ムズタグアタ山麓カラクリ湖、タシコルガン、カシガル、インジシャ、ヤルカンド、ホータン、等の地を旅行。天山と崑崙の偉大さに眼を奪われる。

九月　第一回〈明日・アルグニ中国詩歌双年賞・芸術貢献賞〉受賞。ハイラル、アルグニ（川）等の地を旅行。

九月　招待により、ドイツ、ベルリンに赴き、第四回ベルリン国際文学祭に参加。

十月　作曲家、郭文景と共に香港に赴く。郭文景の、西川の長詩「遠遊」に基づいて作曲した管弦楽作品が、香港管弦楽団により、香港文化センター音楽ホールで初演。指揮：Edo de Waart（オランダ）。西川、それを機に香港大学を訪問。

十一月末~十二月初　中央美術学院、オーストラリア、ニューサウスウェールス美術学院、英国、グラスゴー大学美術学院そして広西芸術学院の共同主催する〈漓江で心を描く〉活動に参加。桂林、陽朔、三江、臨渓、南寧等の地を旅行。

二〇〇五年

三月　ドイツ、連邦文化基金の〈北京現場〉プロジェクト基金を得る。このプロジェクトを、七名（グループ）のドイツ芸術家と三名（グループ）の中国芸術家により共同完成。西川、北京の宗教建築の調査を担当。西川、そのためにベルリンに赴き、養成訓練に参加。

四月　広州第二回珠江国際詩歌祭に参加。

六月　山東龍口万松浦書院に赴き、中英詩人翻訳プロジェクト前半部の活動に参加。

六月　第五十一回イタリアヴェニス双年展で、イタリア芸術家Marco Mereo Rotelliが、大型装置作品「詩歌の島」を出展。この作品は十二篇の詩歌を使用しており、西川「羊の群を海へ追い込む」のイタリア語訳を含む。さらにその他に、シリアのアドニス、ナイジェリアのローリ・オウパカ、仏国のイヴ・ボンヌフォワ、ポーランドのタデウシュ・ルジェビチ、英国のチャールズ・タムリンセン等の詩人を含む。

七月〜十月　〈北京現場〉プロジェクトの実地調査に正式参加、北京の仏教、道教、イスラム教、天主教（ローマカトリック）、基督教（プロテスタント）等の宗教施設二十カ所余りを訪問。

七月　成都へ赴き、〈世紀城・第一回成都国際詩歌祭〉に参加予定も、当の活動が開始前に取り止め措置を受ける。

七月　最初は、ベネズエラのカラカスに赴いて〈第二回世界詩歌祭〉に参加する予定が、出発前に海外訪問取り消しとなる。

七月　湖南新創刊雑誌《文学界》、西川特集を発行。内容は、作品「小老児」、「南彊筆記」「命中注定的遅到者」、手紙三通、「答譚克修問」、および日本の学者、佐藤普美子の論文「〈沈黙〉の探求者：西川詩試論」を含む。

八月　精華大学開催の〈比較現代主義：帝国、美学と歴史〉国際学術シンポジウムに参加。九月末唐暁渡、張煒、周瓚と共に英国に赴いて、楊煉と合流し、中英詩人翻訳プロジェクトの、スコットランド湾公園芸術センター（Cove Park）で行われた後半部分の活動に参加。エディンバラ、ロンドンを旅行。

十月末　作品『最後の迷信』（手稿、宗教建築撮影、布教ポスター計五十幅）、〈北京現場〉プロジェクトが、北京大山子七九八芸術区0工房画廊開催〈無形の都市〉展覧に参加。当プロジェクトの北京の活動は終了。
十一月八日　北京《新京報》、西川詩十篇を掲載。
十一月　湖南長沙に赴いて、〈住居が中国を変える〉都市建築シンポジウムに参加。
二〇〇六年
一月　簡寧、嘉孚随図書会社の企画のもと、中国和平出版社から『深浅：西川詩文録』を出版。
三月　招きに応じてドイツに赴き、ベルリン総合教育センター主催による、〈文化記憶〉と銘打った国際シンポジウムに参加。席上、〈文化記憶と偽の文化記憶〉と題して発言。当発言は、後に雑誌《作家》二〇〇六年第七期に発表。
五月　駱英、唐暁渡と共に、中坤パミール文学工作室の名義で日本を訪問。東京、札幌、富良野、大阪、伊勢、京都等の地を旅行、日本詩歌界と広汎に交流し、中日詩歌界の一歩進んだ民間交流のために準備をする。
五月　映画監督の孟京輝、西川の数篇の組詩に基づいて改編の実験戯曲「鏡花水月」を、中国国立現代劇場により制作、北京東方前衛劇場にて公演、連続公演十回。
七月　スペインセルバンティス学院、北京にて成立。スペイン皇太子、王妃臨席の小発足式に出席。当学院主催のアントニオ・マチャドシンポジウムに参加、席上発言。
八月一日　米国 Civitella Ranieri 基金会の招請を受けて、イタリアのウンブリア区ウンバルティ町付近の Civitella Ranieri Center に赴き、逗留六週間、期間中にペルージア、アッシジ、シエナ、サンソポロコ、ボローニャ、モントネを旅行し、またローマ、フローレンス、ベニスを再訪。九月九日帰京。

九月　中坤パミール文学工作室主催の、二〇〇六パミール詩歌の旅が始動。九カ国からの二四名の詩人、翻訳家が、まず北京西苑飯店、北京大学にてシンポジウムと詩歌朗読会を行い、その後、南新疆に赴き、カシュガル、カラクリ湖、アルツシ、ウーチャ、ヤルカンド、ウルムチ等の地を旅行する。

十一月　パミール文学工作室と日本の思潮社による主催の、中日当代詩歌対話活動の前半活動が、北京新世紀飯店にて催され、さらに北京外国語大学と首都師範大学にて公開対話が行われる。その間、中日詩人は幾つかの問題について深く掘り下げた討論を行った。

十一月　北京大学で講座を受け持つ。講演題目は〈中国古典詩歌の英語への現れ〉。

十二月　崔衛平、欧陽江河、汪暉、李陀等と共に山西省汾陽に赴き、賈樟柯がベニス映画祭で金獅子賞を受賞した映画『三峡好人』の特別試写会に参加、さらに汾陽中学で当映画についての座談を行う。座談の内容は、雑誌《読書》二〇〇七年二月号に発表。

十二月　中国社会科学院にて、雑誌《文明》と中国放送学会による主催の第一回〈文明論壇〉に参加。分科会の司会をし、さらに「東方と西方、東方と東方」と題する発言を行う。

十二月　北京映画出版社が、元の北京外国語学院付属外国語学校校友記念文集を出版。西川の文章の題名〈天上の学校〉を書名とする。

オーストラリアのWild Peony出版社が、陶乃侃とTony Prinseの翻訳した『八人の当代中国詩人』(Eight Contemporary Chinese Poets) 一冊を出版。西川詩を十三篇収める。

二〇〇七年

一月　広西師範大学出版社、西川による序文の、イラン映画監督、アバス・チアルスタミ詩集の中訳本『風と共に行く』を出版。

一月　雑誌《読書》、西川の文章「ミウォシュのずれ」

一月　雑誌《人民文学》、西川の詩文「歴史鑑八章」を発表。

一月　孫磊編集の民間誌《誰》（第三期）に「語彙：その歴史、その立場、その困惑」を発表。

一月　米国ニューヨーク大学東アジア系に赴き、付属訪問教授を務める。期間中、プーラン大学、イェール大学で朗読と座談。さらに再びシカゴを旅行。五月末帰国。

五月　ネット版《今日》に、文章「英訳に見る中国語詩、東欧詩、日本詩」を発表。

十月　小説家李鋭と共に米国アイオワ大学に赴き、国際創作プロジェクト創立四十周年祝賀会に参加し、李鋭、瘂弦、鄭愁予と一緒に朗読。聶華苓の司会。

十月　「鏡花水月」の劇スタッフがメキシコ、第三十五回セルバンティス国際芸術祭に参加。公演は大きな成功を収めたが、西川は米国にいて、同行せず。

十月　安徽省黄山宏村に赴き、パミール学院とイングランド芸術協会共同主催の、黄山詩歌祭中外詩人対話活動に参加。外国詩人は、それぞれ英国、米国、ニュージーランド、ナイジェリアから。楊煉と、中国古典詩歌の、当代詩歌に対する形式方面の圧力に関する対話を展開。

十月　メキシコの在中国大使館が、北京セルバンティス学院にて主催開催の、〈オクタビオ・パスと東洋の伝統〉国際シンポジウムに参加。席上発言し、パスの詩情、思想について語る。

十一月　中坤グループによる財政的支援のもと、パミール文化芸術研究会成立。唐暁渡が院長に、欧陽江河、西川が副院長に就任し、併せて、中山公園音楽堂にて、第一回中坤国際詩歌賞を授与する。

十一月　パミール文化芸術研究院、《当代国際詩壇》を創刊。西川、主編二人のうちの一人に就任。
十一月　日本に赴き、中日詩歌対話後半の活動に参加。
十一月　上海《東方早報》、二〇〇七文化中国年度人物大賞を授与、詩人宇向が詩歌賞を受賞。西川は当活動の顧問の任にあったが、日本滞在中のため上海の授与式には参加できず。

二〇〇八年
一月　作家出版社、西川詩集『個人好悪』。
一月　《上海文学》西川特集を発表し、「歴史鑑三十章」のうちの七章を掲載。
一月　「鏡花水月」劇グループ、上海に赴き、上海現代劇センターで公演。初演の後、孟京輝、西川、観客と座談交流。
一月　イラン映画監督アッバス・チアルスタミ来京。西川、歓迎式および座談会に参加。
二月　《今日》二〇〇八年春季号、詩歌理論特集号に、論文「詩人観念と詩歌観念の歴史的落差」を発表。同期にさらに、西川の芸術家徐冰に対するインタビュー「徐冰インタビュー：有益なコンピューターウィルス」を発表。
三月　《山花》、西川の芸術家蒼鑫に対するインタビュー「対話：遠景の中の芸術」を発表。この対話は今日美術館と798墨画廊の開催の〈蒼鑫神話〉展覧に協力するため行われた。
三月　芸術家の呉嘯海が北京現在画廊で開催の「見える人の風景」展覧のために、文章「いいえ。本当ですか？」を書く。当文は序言として展覧画集に掲載。
四月　米国《アトランタ評論》春・夏季号が中国詩歌特集号を出版。編集は米国詩人のジョージ・オコーナー。西川詩三篇を収める。訳者はオコーナーと史春波。

四月　《上海詩人》第二期、西川詩五篇を発表。
四月　北京、三尚画廊が沈忱画展を開催。展覧会の副題は〈北島、李陀、劉禾、西川との対話〉。この対話は実際は、二〇〇七年、ニューヨークにおける個人的な談話であり、談話内容は西川による整理。この対話は展覧画集に収められている。
五月　北京C5画廊が梁碩の作品を展覧し、展覧のために書いた一文「零に帰り、我に帰る」は、展覧画集に収められる。この文章はさらに台湾の雑誌《典蔵》に掲載される。
五月　北京大学成立百十周年記念日、日本の東京芸術大学学生が北京大学百年講堂で、詩楽コラボレーションを披露、その内の一曲で、八名の演技者が西川の詩「深い沈黙」を音楽と朗誦方式によって演繹する。作曲：小田朋美。
五月　ノルウェーの中国研究者ハロルド・バークマン、北京へ。西川と一緒に、ノルウェー詩人オラフ・H・ホーグの詩選『私は立っている、大丈夫だ』を翻訳する。
五月　ギリシャのパロス島に赴き、米国国務省の会計援助、アイオワ大学主催による国際作家会議に参加。会議のテーマは〈故郷／土地〉。会議での西川発言：「矛盾修辞の影のもとに」。会議では、中、英、ギ、三種の言語で印刷の西川詩「陰影」、限定七五部が、会の作家に配布され、さらに贈り物として、当地の政界要人に贈られる。閉会後、アテネを旅行。
五月　北京天安時間当代芸術センターが〈我々はどこにいる〉芸術展を開催する。その展覧のために書いた一文「我々はどこにいる・展覧の責任」が、展覧画集に収められる。
六月　英国ロンドン、カーディフに赴き、イングランド芸術協会とパミール研究院共同主催による〈黄山詩歌祭ロンドン祭〉の活動に参加。

七月　香港に赴き、雑誌《今日》主催による知識人円卓会議に参加。
九月　ドイツに赴き、ベルリン国際文学祭に参加。
十月　パミール研究員主催による、パミール文化週間が北京で行われる。そのうち、〈パミール詩歌の旅〉担当責任者、西川。

訳者あとがき

本詩選は中国現代詩を代表する詩人の一人である西川《シー・チュアン》の詩選であり、各詩篇は、詩文録『深浅』（二〇〇六年）と詩集『個人好悪』（二〇〇八年）から採られている。これら以前にも以後にも多数の詩篇が書かれていることは言うまでもない。古典詩を含めれば、既に一九八〇年から詩作は開始されている。「潘家園骨董市幻想録」は、『個人好悪』からは若干間隔があり、別扱いをして、付録Ⅰ「ミーナのインタビューに答える」に続く付録Ⅱとした。付録Ⅲは創作活動年表とした。

本詩選のうち、「蚊の記」、「思想演習」、「尻尾を隠して」、「契丹族の仮面」、「隣人」、「平原」の六篇は、『火鍋子』七〇号（二〇〇七年・発行　谷川毅）に発表したものに幾らか手を加えた。

二つのことを述べておきたい。一つは、駱一禾、海子との出会い、そして海子、駱一禾の死のことである。もう一つは、詩のスタイルの変化のことである。

西川は、一九八一年九月、北京大学西欧語系英文専攻（八四年、英文系として独立）に入学する。翌年十月、〈北大五四文学社〉に参加し、駱一禾と知り合い、さらに八三年春に、海子と知り合う。八五年卒業、八六年六月に、海子と合同でガリ版刷りの詩集『麦畑の瓶』を出す。しかし、八九年三月二十六日、海子は自殺した。遺稿を駱一禾と二人で手分けして（長詩を駱一禾が引き受け、短い方を西川が引き受けた）編集作業を始めたが、五月三十一日には駱一禾も死亡してしまう。『海子詩全編』編集後記によれば、その後のたった一人の編集作業は、苦しくかつ延々と続くものだった。苦痛は、作業の煩雑さにもよるが、海子詩の価値に対する詩壇からの懐疑を完全には払拭できないままに編集を続けなければならないという所から来ていた。だが西川は、「僕らにあっては、五十年あるいは百年の後に誰かが、友とする詩人として新たに海子を見出すだろうなどと、当てにしてはいられない」という駱一禾の言葉に励まされて、試練を乗り越えた。そして言う。「一九九二年五月、この本が編集完了になったとき、すでに私は海子作品の、時代を超えた価値を少しも疑わなかった」と。

西川は、夭折した海子への友情のためだけでなく、海子詩の価値を評価するために、遺稿をまとめ、〈詩歌烈士〉（若くして詩歌の革命に殉じた人。海子には〈ランボーに献ず：詩歌の烈士〉という作品がある。）の不朽の墓標を建てたのであった。海子をめぐる神話の中へ進み出てゆかざるをえない場所にいたということかも知れない。西川は、どうしても誰かがやらなければならない作業を引き受けることによって、重要な役割を果たしたのだと思う。

『海子詩全編』はその後改編され、二〇〇九年『海子詩全集』となる。西川は『海子記念文集・散文巻』（合肥工業大学出版社）中の「偲ぶ」と「死の後に」で、海子とその死について語っている。

次に詩のスタイルの変化について書いておかなければならない。まず、本詩選の詩のスタイルと比較するために、一九八六年発表の「ハルカイで星空を仰ぐ」と一九九四年発表の「空想の家系図」を紹介する。

ハルカイで星空を仰ぐ

神秘は人には制御のしようがない
傍観者の役割を与えられて
その力が遙かな地点から
合図の光を発し　心を
貫いてゆくままに任せるしかない
たとえば今夜　このハルカイ
都市から遠く離れた　この荒涼たる
場所　チベット高原の
空豆大の駅のかたわらで
僕は顔を上げて星空を仰ぐのだ
このとき天の川に声なく　白鳥の翼に光り淡く
草々は星々へ向かって狂おしく伸び
馬の群は天翔るのを忘れている
風は広漠たる夜に吹いては僕にも吹いてきて
未来へ吹いては過去にも吹いてゆき
僕は一人の誰かになり　灯火の点いた
狭苦しい部屋となる
だがその狭苦しい部屋の冷え冷えとした屋根は

星々の億万の足踏みで祭壇となり
僕は最後の晩餐を受け取る子供のように
大胆になりながらも　息をひそめるのだ

空想の家系図

夢の形式によって　王朝の形式によって
時間は僕の身体を貫いている。時間はマッチの一箱のように
必ずいつかは不意に燃え尽きてしまう
僕ははっきり見る　始まりも終わりもない大河　灯りは一つ一つ
どの灯りも　幽かな影の揺れ動く河畔の城壁を明るく照らす

僕がこの世にやって来たのは　きっと何かのわけがある
僕の手足は誰の手足が原型になっているのだろう?
一羽の鳥が僕の頭のてっぺんに降りたとしたら　岩石だと思ったのだろう
もしもそいつを振り払ったら　今度は誰の頭のてっぺんに
留まりに行き　そうして振り返ってぼくの行方を見やることになるのだろう?
灯りは一つ一つ　幽かな影のゆらゆら揺れる河畔の城壁を明るく照らし

寝物語は夜中の簫の音に埋葬されて
子孫繁栄。子孫繁栄。家系図は書き継がれ
生命の鉄の鎖はジャラジャラ音を立てる
誰が臨終の沈黙を　その最後の鎖にするのだろう?

顔中皺だらけの父がしだいしだいに
この国と一つに溶け合ってゆくのを目の当たりにしたが
自分が彼ではないとはとても言い難い。彼の用心深い性格は
一生を穏やかにするが、僕の代わりに生計に忙しくて心ならずも諂う
のではないなどとはとても言い難い

彼は祖父のことはほとんど話さない。ぼくはぼんやり覚えているだけだ
一人の老人が煙草に高価な胡麻油を混ぜ入れていた
遙かな夏の日のこと　一人の老人が昔の出来事に絡みつかれていた
三百年を遡ると数人の男が大酒を飲んでいる
三千年を遡ると一家数人が耕している

海の一滴から山東のちっぽけな村まで
江蘇の僅かな財産から今夜の僕の電気スタンドまで

何と多くの人が生きてきたことか。文盲、読書人
土匪、小事業主……どういう結婚が僕にまでリレーされて
いるのだろう？僕は漢代の王宮をぶらついていただろうか？

夜々の刀や剣、仕入れて運搬する夜
死によっても　喘ぎを止められないでいる夜明け
僕が何人もの祖先の名前を空想し　一つ一つを大声で叫ぶと
応答する声を必ず聴き取ることができる　だがちょうど
僕には自分の顔が見えないように　彼らを見ることはできない

西川の旺盛な創作活動のなかで、この二篇は既に旧作に属する。私が二〇〇四年に訳した「海子のために」、「月」、「必要」の三篇も、同様に旧作だと言える。

彼は『深浅』の前書きとして、十箇条の簡潔な説明を行い、三、四、五番目で次のように言う。「一九九二年《敬意を表す》を書いたのを皮切りとして、創作の方法を変えた。我々の出版事業は、時には深刻に考えなくてもよい状態にまでなったとはいえ、僕はずっと、近年の創作をまとめて披瀝する機会がなかった。」「僕の過去の作品を理解してくれている何人かの読者が、偶然にも最近の作品を読むことになれば、現在のものは混乱した書きぶりだという考えに傾きがちであるけれども、僕は自分が何をしているのか分かっている。」「僕は僕自身を探したのだけれども、数多くの自分自身を探し当てることになるとは思ってもみなかった」。彼は古今東西の只中に在ったというだけでなく、急激に変貌してきた

現代中国の只中に在ったという、言わば二重の只中に在ったのだった。

詩は西川にとって、他の多くの詩人と同じように、自己の存在を確認するために自分自身を探すものだった。許可された自己ではなく、自前で創り上げた自己。だが彼は、現代化とグローバル化とが同時進行する現代中国に含まれている自分を発見した。つまり、広がりと変化のただ中に置かれている自分を発見し、自分を探すためには自分を取り巻く世界を捉え直す必要があると感じられたのである。彼は誠実に対応しようとした。

本詩選を訳していて連想したことの一つに、考古学者が刷毛を使って、古い時代の器を丁寧に取り出そうとするように、あるいは仏師が仏像を彫り進めるように、人間の精神とこの世界との接点を見出そうとする西川の姿がある。彼は荒野の虚空へとステージを移動してしまった。その位置で、己の感情のゆらぎや精神の姿勢を言い表そうとするのではなく、精神がとらえているところ、つまり精神と、精神を取りまいているものとの接点を見定めようとした。それを「学者の詩」というような言い方で特別扱いをしてはいけないと思う。

現代という時空に身を置いて、現代を捉えようとすれば、感覚や感情、或いは抒情の内側に安住してはいられない。抒情だけでは限界がある。一つの感覚を持つことは、たとえそれが開かれたものであるとしても、自分は囚われの身だということである。その都度、自分自身に閉じ込められてしまう。それでは己という存在を見ることはできないし、自分の置かれた場所、そこを取り巻く事物を見ることもできない。詩人は方法を考えなければならない。言葉の力を養わなければならない。

《敬意を表す》が一九九二年、《空想の家系図》が一九九四年、少し前後しているが、《敬意を表す》が最初の新しいスタイルということである。但し、新しいスタイルといっても、彼の旧作は、時間軸上の過ぎ去った過去に置き去りにされているのではなく、今に至るまで積み重ねられていて、きっとその上に現在の詩作は為されているのだと思う。

著者略歴

西川（シー・チュアン）

本名劉軍。詩人、散文・随筆作家。一九六三年、浙江省徐州市生まれ。一九八五年、北京大学英文系卒業。米国アイオワ大学二〇〇二年訪問学者。現在、北京中央美術学院の人文学院で教鞭を執る。西川は、前世紀八〇年代から、全国的な青年詩歌運動に身を投じ、その創作と詩歌理念は、当代の中国詩歌の世界に広範な影響を与えている。詩集に『空想の家系図』、『大意は斯くの如し』、『西川の詩』、詩文集に『深浅』、散文集に『水溜り』、『漫遊と閑談――一中国人の印度旅行』、随筆集に『覆面者に語らせる』、評注書に『外国文学名作案内読本――詩歌篇』、訳書に『ボルヘス八十歳の回想』、『ミヲシュ辞典』（北塔との共訳）、編著に『海子の詩』、『海子詩全集』がある。この他にも西川は二〇〇〇年に、賈樟柯監督の映画『プラットホーム』の撮影に参加したことがある。

訳者略歴

竹内 新（たけうち・しん）

一九四七年、愛知県生まれ。名古屋大学文学部で中国文学を専攻する。一九八〇年から八二年にかけて、中国の吉林大学で日本語講師をつとめる。著作に詩集『歳月』、『樹木接近』、『果実集』（第55回中日詩賞）、訳詩集『中国新世代詩人アンソロジー』（正・続）、『麦城詩選』、『田禾詩選』、『楊克詩選』、閻志『少年の詩《うた》』、駱英『都市流浪集』『第九夜』『文革記憶』がある。

西川詩選《シーチュアンしせん》　中国現代詩人シリーズ1

著者
西　川《シーチュアン》

訳者
竹内《たけうち》　新《しん》

発行者
小田久郎

発行所
株式会社思潮社
〒一六二−〇八四二　東京都新宿区市谷砂土原町三−十五
電話〇三（三二六七）八一五三（営業）・八一四一（編集）
FAX〇三（三二六七）八一四二

印刷・製本所
三報社印刷株式会社

発行日
二〇一九年二月二十日